로크미디어가
유혹하는
재미있는 세상

ROK
MEDIA
로크미디어

짐승 같은 뉴비 2

2022년 2월 8일 초판 1쇄 인쇄
2022년 2월 11일 초판 1쇄 발행

지은이 예정후
발행인 김정수 강준규

기획 이기헌 왕소현 박경무 강민구
책임편집 천기덕
마케팅지원 배진경 임혜솔 송지유 이영선

발행처 (주)로크미디어
출판등록 2003년 3월 24일
주소 서울시 마포구 성암로 330 DMC첨단산업센터 318호
Tel (02)3273-5135 **편집** 070-7863-0307 **Fax** (02)3273-5134
홈페이지 rokmedia.com **E-mail** rokmedia@empas.com

ⓒ 예정후, 2022

값 8,000원

ISBN 979-11-354-7460-6 (2권)
ISBN 979-11-354-7458-3 04810 (세트)

Contents

착한 일을 하는 뉴비 (2)

"어서! 지금 당장 날 죽여 줘어어어!"

장유민은 나에게 소리치고 있었다.

하지만.

"……죽여 달라고?"

나는 고개를 삐딱하게 기울였다.

순간 퓨리 에너지가 쭉 찼을 만큼 짜증이 치밀어 올랐으니까.

"하, 기껏 열심히 살려 놨더니 죽여 달라고 하고 있어?"

이런 배은망덕한 처자를 보았나.

'마침 잘됐네.'

다시는 그딴 소리를 못 하게 해 주지.

"너, 살려 달라는 이야기가 안 나오면 죽여 버릴 거야."
나는 권능을 전개하며 장유민에게 다가섰다.

　[권능 : '미친 토끼의 앞발'.]
　[정보 : 완전한 상태의 권능을 적절히 활용하여 활약하는 경우, 소정의 스탯을 획득할 수 있습니다.]

　풀 컨디션의 스킬을 사용하는 것은 스탯 성장의 발판이 된다.
　다시 말해 레벨 업을 하지 않고도 조금씩 스탯을 키울 수 있는 방법이었다.
　하지만 난 그런 것쯤은 신경 쓰지 않았다.
　"살려 놨더니 죽여 달라고? 그게 사람이 할 말이야?"
　퍽! 빠악—!
　나는 장유민의 멱살을 쥐고 올려 연달아 주먹을 꽂아 넣었다.
　"아악!"
　금세 입술이 터지고 눈두덩이 찢어져 피가 줄줄 나오기 시작했다.
　"우에엑!"
　방어하지도 못한 상태에서 복부를 맞으니 토사물이 와르르 쏟아질 수밖에 없었다.

그러나 나는 봐주지 않았다.

"아프지? 더럽게 아플 거다."

여자든 남자든, 인간이든 괴물이든.

맞으면 아프다는 것은 모두에게 공평하다.

그리고 그 순간 느끼게 된다.

고통에 대한 두려움. 도망치고 싶다는 간절함……. 그것은 '살아 있음'에 대한 실감으로 이어진다.

즉, 생의 실감.

바로 그것이 탈출구였다.

틈이 생겼다면 정신이 들 때까지 패는 것이 정신 지배로부터 벗어나는 가장 단순한 방법이었던 것이다.

"살려 달라고 해! 안 그러면 죽도록 팰 거니까!"

빠악!

그렇게 한참을 맞고 있던 장유민이 번쩍 손을 들며 소리쳤다.

"그만! 그만! 아파요!"

나는 손을 멈추며 상태를 확인했다.

"아닌데? 더 맞아야 할 것 같은데?"

"주, 죽겠어요……."

"아깐 죽여 달라며?"

"이, 이제 안 죽고 싶어요!"

"흐으음."

나는 마지막 체크를 시작했다.

"좋아. 정신이 드는 것 같으면 나에 대해서 생각해 봐."

"……예?"

장유민은 비로소 사람답게 어리둥절한 표정을 짓고 있었다.

하지만 나는 안심하지 않았다.

"아무거나! 나에 대해서! 당장!"

이 여자가 정말로 그 조잡한 정신 지배로부터 벗어났다면.

적어도 그 소름 끼치는 '죽여라'는 들리지 않을 것이다.

"……."

입을 다문 장유민이 나를 향해 눈동자를 깜빡였다.

동시에 전해져 오는 정신 파동이 있었다.

　-미친놈인가 봐!

　-얼굴은 멀쩡하게 잘생겨서는 여자를 이렇게 패?

'대충 됐네.'

나는 손가락을 흔들며 힘주어 말했다.

"미안하지만 나는 여자든 노인이든 나한테 적이 된다면 공평하게 패 주는 사람이야."

"뭐, 뭐야? 내 생각을 읽은 건가요? 내 머릿속에서 나가요!"

"잠깐만. 근데 뭔가 아직 조금 남았는데……."

나는 눈을 가늘게 뜨고 하이에나의 권능을 통해 주변을 훑었다.

아직 근처를 맴돌고 있는 '그 마력'이 느껴졌다.

'더럽게 끈질기네.'

그렇다면.

콰직!

나는 해청에 마력을 주입하며 그 힘이 흐르는 중심부를 세게 찍어 눌렀다.

말뚝에 박힌 구렁이처럼 펄떡거리는 힘!

전혀 예상치 못한 메시지들이 떠오른 것은 그 순간이었다.

[알림 : 정체불명의 에너지를 사냥했습니다. '거신의 조각'이 힘을 흡수했습니다.]

[보상 : '알 수 없는 스탯'이 1만큼 올랐습니다!]

……뭐라고? 갑자기 에너지를 흡수했어?

게다가 '알 수 없는 스탯'이 올랐다니?

'이게 대체 뭔 소리야?'

분명 내 안에서 일어난 일인 듯했지만, 난 그 의미를 전혀 짐작할 수 없었다.

거신의 조각이라면 야수계에서 지구로 넘어올 때 소모된 것 같았는데.

‘그게 아니었나?’

설마 그 힘이 내 안에 남아 있다는 것일까?

혹시나 해서 스테이터스를 열어 보았지만 딱히 변한 것은 없었다.

여전히 여섯 개의 스탯뿐.

‘대체 뭐지? 내가 모르는 히든 스탯이 있었어?’

아니, 절대 그럴 리가 없는데.

그때였다.

“뭐, 뭘 어떻게 한 거죠?”

장유민이 부러진 팔을 움켜쥔 채 이상한 표정을 짓고 있었다.

“…….”

뭔진 모르겠지만 나중에 생각해 보자.

“일어나. 이제 안전하니까.”

내가 손짓하자 그녀는 떨리는 입술로 이렇게 중얼거렸다.

“저, 정말 ‘나’를 되찾은 건가요? 진짜로 내가 ‘나’로 돌아왔어……?”

‘내가 나로 돌아왔다.’

재밌는 표현이다.

하이에나들에게 들어서 알고 있다.

자기 자신에 대한 통제권을 잃어버린 사람들은 자신에 대한 유리감을 느끼게 된다는 것.

'스스로 자신이 아닌 것처럼 느끼게 된다지?'

그것은 감옥이 된 자신의 몸에 갇혀 있다는 느낌과도 비슷하다고 했다.

지금 장유민은 막 출소한 사람처럼 실감이 나지 않는다는 표정이었다.

"이상해. 내가 '나'라니…… 너무 이상한 느낌이야."

"정신 차리고. 이제 아는 걸 말해 줘야겠어."

나는 해청을 칼집에 넣으며 덧붙였다.

"내가 그쪽을 애써 살려 준 건 이 상황에 대해 알고 싶어서 그런 거였으니까."

"아, 그건…….''

장유민은 잠시 망설였지만 이내 마음을 정한 듯 입을 열었다.

"심혁필! 그 더러운 늙은이가 한 짓이에요. 미친 영감이 특수팀 헌터들을 권속으로 부려먹고 있어요!"

"권속?"

"네! 그러니까 말이죠."

"…….''

장유민의 이야기에 나는 눈살을 찌푸릴 수밖에 없었다.

피의 지배, 반지, 강제 복종.

정말이지 지저분한 키워드의 연속이었다.

그리고 이야기가 끝날 때쯤에는 한 가지 의문을 품게 되었다.

"신인류? 뉴타입이라고?"

네이밍 센스의 상태가 너무나 중2병스러운 그 집단을 이해할 수 없었던 것이다.

"대체 뭘 위해서 그러는 거야?"

그러자 장유민은 어두운 얼굴로 대답했다.

"그들은 이 세상이 게이트와 합일되어야 한다고 생각해요."

"합일?"

세상을 게이트와 하나로 만들겠다고?

"마력 각성자들만이 존재하는 세계. 그중에서도 강자들의 손에 의해 경영되는 세계……."

장유민은 음울하게 말했다.

"신인류는 지구를 하나의 거대한 게이트로 만들려고 하고 있어요. 신인류에 의해 지배되는 '신세계'가 그들의 목표예요."

……신세계란다.

"하, 참내."

하늘 높은 줄 모르고 치솟는 중2력에 나는 한숨을 내쉬고 말았다.

"거 빡치기 딱 좋은 날씨네."

내가 없었던 사이에 대체 어디서 그런 놈들이 튀어나온 거야?

심혁필은 아주 오랜만에 마력을 한계까지 사용하고 있었다.

신체 강화 특성이 없는 대신, 마법을 활용하여 공간을 접으며 숲을 달리는 중이었다.

"이런, 제기랄! 지배가 깨지다니! 그럴 일은 절대로 없을 거라고 했는데! 그놈이 날 속였어!"

노인의 뒤를 따르는 심재진은 숨을 헐떡거리고 있었다.

"아, 아버지! 너무 빠릅니다! 조금만 천천히……!"

그러나 심혁필은 가차 없이 달려 나갔다.

"시끄럽다! 어서 따라와! 만약이라도 장유민이를 잃으면 손해가 막심하단 말이다!"

심혁필이 사용하는 '피의 지배' 스킬.

이 기술은 피를 주고받는 의식도 중요했지만, 무엇보다 명령을 송신하는 '반지'가 있어야 성립할 수 있는 것이었다.

'내가 반지 하나를 얻기 위해서 쓴 돈만 50억 원이 넘어!'

고작 신인류 조직의 말석을 차지하고 앉아서 이제 다섯 개의 반지를 가졌을 뿐인데.

심혁필은 가진 재산의 절반 이상을 쏟아부어야만 했다.

그만큼 어마어마한 투자였다.

그러니 여기서 멈출 순 없었고, 손해를 보는 것은 더더욱 안 될 말이었다.

"백수현이는 어떻게 되든 상관없어! 그냥 죽여 버려! 무조건 장유민이부터 회수해!"

심혁필은 그렇게 소리쳤다.

노인의 그 명령은 고스란히 헌터들에게 전해졌다.

"……예, 마스터."

"백수현을 죽이고."

"장유민을 회수한다."

"명령을 차질 없이 수행하겠습니다."

네 명의 여성으로 이루어진 특수팀 헌터들은 무표정한 얼굴로 고개를 끄덕이고는 앞서 나가기 시작했다.

파파파팟!

"우어엇!"

그들에게 순식간에 추월당한 심재진.

멀어지는 수하들의 뒷모습을 보며 그는 혀를 내두를 수밖에 없었다.

'레벨은 내가 한참 더 높을 텐데!'

그런데도 도저히 따라갈 수 없을 만큼 헌터들은 빠르게 사라졌다.

"허억, 허억. 여, 역시!"

아버지의 선택과 투자는 옳았다.

신인류의 힘은 기존 각성자들의 수준을 아득하게 뛰어넘는 것이었다.

그러니 그에게 찍힌 '백수현'이라는 녀석의 말로 역시 뻔할 것이다.

'살려 달라고 울부짖는 꼴이나 감상하면 되겠네.'

아니, 어쩌면 그들이 도착했을 땐 이미 시체가 되어 있을 지도 모른다.

놈이 저항한다면 반드시 그렇게 될 것이다.

"아버지, 그 자식이 혹시 도망쳐서 귀찮게 하면 어떡하죠?"

"흥! 그럴 리가! 내 전성기 이상의 전력이 아니고서는 절대로 불가능한 일이야!"

최소한 SR급은 되어야 저 네 사람에게 저항할 수 있다는 것이 부자의 생각이었다.

그러니 반드시 죽거나 사로잡힐 것이다.

두 사람은 그때까지만 해도 그렇게 생각하고 있었다.

최원호가 한 세계의 게이트를 모두 공략한 END급 헌터라는 것은 꿈에도 모른 채.

그저 눈에 거슬리는 신입 헌터 '백수현'을 깔아뭉갤 생각으로 들떠 있었던 것이다.

~

"당신, 게이트 테러리스트죠?"

"아닌데?"

"거짓말 마세요. 블랙핑거 클랜을 붕괴시키기 위해서 잠입해 들어온 거잖아요? 저도 알 건 다 알아요!"

뜻밖에도 장유민은 말이 많은 타입이었다.

그래서 나는 상당히 고통받는 중이었다.

'젠장, 이거 하나는 아까가 더 좋았던 것 같네.'

좀 섬뜩하긴 해도 조용한 건 좋았는데 말이지.

"저도 게이트 반대론에는 동의해요. 돈이 된다는 이유로 이런 미친 재앙을 곁에 두고 이용한다는 건 말이 안 되는 일이죠!"

……그래도 정신머리는 제대로 박힌 여자라서 다행이다.

장유민은 나를 게이트 테러리스트라고 오해하고 있었는데.

가만 보니 굳이 그 오해를 정정해 줄 필요는 없는 것 같아서 그냥 내버려 두기로 했다.

'큰 틀에서 내가 게이트 반대론자라는 것은 사실이기도 하고.'

내가 별말 하지 않아도 알아서 쓸 만한 정보를 열심히 지껄이는 것이 제법 도움이 되기도 했으니까.

"저와 연결이 끊어졌으니까 심혁필은 득달같이 달려오고 있을 거예요. 그 늙은이는 우리에게 광적으로 집착하거든요."

"왜?"

"왜냐뇨! 돈이 많이 들기도 했고, 무엇보다 권속을 많이 거느려야 조직에서 인정을 받을 수 있으니까요. 심혁필은 아직 말단에 불과한 상태예요."

"그래? 그 신인류라는 조직이 꽤나 큰가 봐?"

심혁필은 랭커 출신의 헌터였고, 지금은 블랙핑거라는 큼직한 스캐빈저 클랜의 오너였다.

'그런 인물이 말단에 불과하다니.'

나는 그 점을 제대로 확인해 두고 싶었다.

장유민은 콧잔등을 긁적이며 대답했다.

"사실 신인류의 정확한 규모는 그 늙은이도 잘 모를 거예요. 신인류는 지도부를 제외하면 점조직 형태로 운영되고 있거든요."

점조직.

그것은 구성원들이 두세 사람씩 드문드문 연결된 형태의 조직을 뜻했다.

구성원들의 연결이 희미하니 추적하기가 무척 어려울 수밖에 없는 형태의 조직이었다.

'중2스럽기는 해도 제법 용의주도한 녀석들이라는 건가?'

하지만 지도부만큼은 알려져 있다고 했지.

"그럼 그 지도부는 누군데? 아는 대로 말해 봐."

"아, 그 사람들은……."

스스럼없이 대답하려던 장유민.

그녀가 문득 말을 멈추고 나를 바라보았다.

"근데 아까부터 나 혼자만 존댓말을 하고 있는 것 같네요?

몇 살이에요? 말투에 비해서 얼굴이 너무 어려 보이는데?"

그 말에 나는 픽 웃고 말았다.

"보기보다 많으니까 하던 말이나 마저 해."

그러자 장유민은 또 하나의 착각을 시작했다.

"게, 게이트 테러리스트 중에는 괴물 같은 특성을 가진 각성자들도 많다고 하던데! 다, 당신…… 혹시 '흡혈'이라든가……!"

"……피 빨리고 싶지 않으면 지도부 이야기나 계속 하라고. 그 모가지를 확 물어 버리기 전에."

"네, 넵! 신인류의 간부들 중에서 심혁필에게 뉴타입 특성을 전수한 사람은 '무왕'이라는 사람이에요."

"무왕?"

나는 고개를 기울였다.

"그게 무술의 왕이라는 건가?"

"어, 아마 그렇지 않을까요? 먹는 무는 아니겠죠."

"하긴."

아무튼 무왕이란 말이지.

"또 다른 건 없어?"

그 정보를 머릿속에 넣어 둔 나는 더 많은 정보를 캐내려 했다.

"다른 건 뭐……."

장유민은 머리를 긁적이며 생각에 잠겼다.

하지만 바로 그때.

"어?"

문득 고개를 돌린 여자의 표정이 와락 구겨졌다.

"오, 오고 있어요!"

그녀가 다급하게 소리쳤다.

"그 미친 늙은이가 특수팀 선배들을 데리고 이쪽으로 오고 있다고요!"

"그러네."

나 역시 흡혈뱀의 기생충이 가까워지는 존재감을 선명하게 느낄 수 있었다.

심혁필과 그의 아들인 심재진.

그리고 여전히 '피의 지배'에 의해 조종당하고 있는 특수팀 헌터들이 우리를 추적해 온 것이다.

'좋아. 그렇다면…….'

추격자들이 다가오고 있는 상황에서 나와 장유민이 취할 수 있는 선택지는 두 가지였다.

그 첫 번째는 여기서 그대로 맞서 싸우는 것이었다.

생각해 봤는데 불가능할 것 같지는 않았다.

그래서 난 장유민에게 고개를 까딱였다.

"여기서 정리하는 걸로 해."

"정리요? 무슨 정리?"

"아까 보니까 너도 전투력이 상당하던데. 너랑 나랑 적당히 치고 빠지면서 싸우면 여기서 다 끝낼 수 있을걸. 게릴라 가능하지?"

그러자 장유민의 눈빛이 잘게 흔들렸다.

"……전부 다 죽이자는 말씀이시군요."

난 어깨를 으쓱할 수밖에 없었다.

"그렇게 노골적으로 말하면 할 말 없고."

장유민이 어떻게 생각할지는 모르겠지만, 난 적에게 자비를 베풀지 않는 성향이었다.

반드시 필요한 경우가 아니라면 모두 죽이는 것이 내 규칙이었다.

아까 장유민의 경우만 해도 그랬다.

'나에게 도와 달라고 하지 않았다면, 진즉에 죽였을 거야.'

장유민이 나에게 칼을 들이댔을 때, 나는 그녀를 곧바로 죽일 수도 있었다.

'하지만 살려 달라고 했으니까 최소한을 해 주었을 뿐이지.'

장유민이 목숨을 건진 것은 약간의 운과 본인의 의지에 의한 기적이었지, 결코 내가 자비로워서가 아니었던 것이다.

그녀는 불안한 눈동자로 나에게 되물었다.

"정말 다 죽일 건가요?"

"왜? 못 할 것 같아? 그럼 빨리 말해. 시간 없어."

"제가 못 할 것 같다고 하면요?"

"당연히 널 버려야지. 그러고 나서 내가 다 치우면 돼. 만약 방해가 된다면 너도 포함이고."

"……."

장유민은 충격에 빠진 표정이 되었지만 나는 고개를 기울였다.

물렁한 생각이 눈에 보이는 듯하다.

"너야말로 게이트 안에서 뭘 생각하고 있는 거야? 죽고 싶어?"

그러자 의외의 대답이 돌아왔다.

"죄송해요. 수현 씨는 아까 그 전투력이 제 전투력이라고 생각하시겠지만, 그건 오해예요."

"오해?"

"네, 신인류의 권속이 되면 전투력이 2배 이상 상승해요."

"……!"

"하지만 지금 저는 심혁필의 권속에서 풀려난 상태잖아요? 아까보다 절반 이하의 전투력이 된 거죠. 이게 원래의 저로 돌아온 상태라고 해야겠지만요."

어쩐지 잘 싸우더라.

분명 신우 말로는 R등급도 되지 않는 헌터들이라고 했는데.

'이상하게 강하다 싶더라니, 그게 버프를 받아서 그런 거

였어?'

그렇다면 전투는 위험했다.

밸런스가 맞지 않았으니까.

장유민은 떨리는 눈빛으로 나에게 말했다.

"전 솔직하게 말했으니까 제발 살려 주세요. 전 당신이 아니면 죽어야 해요."

……눈치 빠른 건 마음에 드네.

"애먼 사람 찔러 죽이는 악취미는 없어."

나는 곧바로 몸을 돌렸다.

"따라와. 지금 싸울 수 없다면 여기서 얼른 벗어나야 해."

"저, 저쪽으로요?"

"응. 어차피 심혁필이 취할 행동은 뻔해."

그 노인네는 분명히 게이트의 특성을 이용할 것이다.

'그럼 그 생각을 거꾸로 이용해 줘야지.'

나는 머릿속으로 차근차근 그림을 그리며 발걸음을 옮겼다.

이 상황을 정리할 두 번째 방법.

그것은 화공(火功)이었다.

나는 저 오크들의 군락 한복판으로 잠입해서 불길을 터트릴 생각이었다.

'사실 어차피 하려고 했어.'

……이 항구 게이트에는 비활성 상태인 미션이 하나 숨겨

져 있었다.

그것을 활성화하여 목표를 달성하는 것 역시 나의 계획 중
일부였다.

'그래, 차라리 잘됐어. 심혁필 일행의 동선을 체크한 뒤에
화염 공격을 시작해야겠다.'

때마침 적절한 권능도 준비되어 있었다.

[알림 : 특성 '야성'이 반응하고 있습니다.]

나는 그 힘을 준비하며 수풀 너머로 걸음을 옮기기 시작했
다.

❦

최원호와 장유민이 자리를 뜨고 잠시 후.

네 명의 여자가 모습을 드러냈다.

"······여기야."

"뭔가 느껴진다."

"잔향이 있군."

"낯선 종류의 에너지인데."

그들은 무표정한 얼굴로 저마다 느낀 점을 이야기하며 근
처를 서성거렸고.

"저쪽으로 갔어. 꽤 속도를 내기 시작했고."

"그렇다면 일단 대기해야겠다. 저 부근은 위험 지역이니까."

곧 두 사람이 사라진 방향을 정확하게 짚어 내고 현장을 지키기 시작했다.

그리고 잠시 뒤, 심혁필과 심재진이 모습을 드러냈다.

부자는 가만히 있는 헌터들을 향해서 눈살을 찌푸렸다.

"뭐야? 백수현은 어디 있어?"

"왜 여기서 가만있는 거냐? 어서 장유민을 회수하라니까!"

그러자 헌터들은 상황을 설명하기 시작했다.

"백수현과 장유민은 저쪽으로 이동한 것으로 보입니다."

"한데 저 부근은 울프 라이더 오크들의 군락이라서 위험 지역으로 판단됩니다."

"그 때문에 세부 명령이 필요한 상황입니다."

"다음 명령을 내려 주십시오. 마스터."

그 말에 심재진은 그렇구나, 하며 고개를 끄덕였지만, 심혁필은 그렇지 않았다.

"크아아악!"

노인은 분노에 찬 비명을 내지르며 네 사람을 향해 성큼성큼 다가갔다.

그리고 멀쩡한 왼쪽 손을 들어 그대로 뺨을 치기 시작했다.

짝! 짝! 짝! 짝!

네 사람의 얼굴이 확 돌아갈 정도로 세게 후려친 것이었다.

"아, 아버지……!"

지켜보던 심재진마저 뜨악할 정도의 폭행.

하지만 헌터들은 피를 빼앗긴 권속답게 무표정을 유지하고 있었고.

"왜 못 잡았어! 왜!"

노인은 성에 차지 않는다는 듯 가장 앞에 서 있는 여자의 정강이를 걷어차며 소리를 질러 댔다.

"……."

돌아오는 대답은 없었다.

애초에 대답을 원하고 소리친 것이 아니었으니까.

심혁필은 그녀를 마구잡이로 구타하며 분풀이를 했다.

"너희가 느려서! 병신처럼 굼뜨게 기어 다니니까! 그래서 놓친 것 아니야! 이 쓰레기 같은 년들아!"

그럼에도 당하고 있는 헌터의 표정은 조금도 바뀌지 않았다.

그녀는 여전히 무감정한 얼굴로 묵묵히 서 있을 뿐이었다.

오히려 지켜보는 다른 세 여자의 눈빛이 조금씩 흔들리고 있었다.

뒤늦게 그것을 알아차린 노인이 손을 거두었다.

[알림 : 현재 사용되고 있는 스킬 '피의 지배'가 불안정합니다.]

[안내 : 권속의 상태를 확인해야 합니다.]

"······제기랄."

안타깝게도 '피의 지배'는 완벽하지 않았다.

권속의 감정이 크게 흔들리는 경우, 원래의 의식이 요동치면서 정신 지배가 약해지는 허점이 있었던 것이다.

'그렇잖아도 장유민이를 잃은 상황이야. 만에 하나라도 조심해야겠지.'

그리고 사실 방금 헌터들의 판단은 아주 정확했다.

심혁필이 시선을 들어 올리자, 그리 멀지 않은 곳에 오크들의 부락이 보였으니까.

"재진아, 저기가 그 울프 라이더의 지역이냐?"

"예, 아버지. 백수현 그놈이 저쪽으로 숨어든 것 같습니다."

그곳이 바로 위험 지역이었다.

만약 헌터들이 그 명령을 그대로 쫓아서 이행했다면.

그들 또한 오크들의 부락으로 들어가야 했을 것이다.

'······그럴 필요는 없지.'

잠시 생각하던 심혁필은 아들에게 손짓했다.

"우린 출구 쪽으로 가자꾸나. 장유민이에게 무슨 일이 벌어졌는지, 또 백수현이가 무슨 꿍꿍이인지는 모르겠지만······."

어차피 이 게이트에서 나가려면 출구로 와야만 했다.

그러니 출구만 정확하게 지키고 있으면 두 사람을 붙잡는 것은 기정사실이나 다름없었다.

"이 게이트의 출구는 어디냐?"

"북쪽 항구에 있다고 합니다."

"가자. 앞장서거라."

심혁필 일행은 그렇게 숲을 가로질러 북쪽으로 향했고.

그렇게 그들이 모두 사라진 뒤…….

[알림 : '겁쟁이 카멜레온의 위장술'이 종료됩니다.]

"……그래, 그럴 줄 알았다."

"와, 대박."

근처에 숨어 있던 최원호와 장유민이 모습을 드러냈다.

두 사람은 울프 라이더 부락으로 가는 시늉을 한 뒤, 아주
가까운 곳에 숨어 심혁필 일행을 지켜보고 있었던 것이다.

〈겁쟁이 카멜레온의 위장술〉

[권능] 마나 또는 퓨리 에너지를 외부로 둘러서 주변의 환경을
그대로 본뜬 위장막을 형성한다. 단, 신체 능력이 극도로 저하되므
로 전투와 이동이 불가능해진다.

내가 사용한 이 권능은 한 자리에 가만히 앉아서 숨어 있을 때 극강의 효율을 보이는 능력이었다.

심지어 나 하나만 감추는 것이 아니라, 일정 범위를 전부 커버할 수 있고…….

호흡은 물론이며 마력의 흔적을 비롯한 모든 기척을 감출 수 있었다.

'사용 중에 아예 움직일 수 없다는 점이 좀 그렇긴 하지만.'

그래도 지금 내 레벨에서 완전한 능력을 발휘하는 것을 감안하면 충분히 받아들일 수 있는 페널티였다.

그 덕분에 노인의 일행은 우리를 전혀 알아채지 못했다.

"좋아. 심혁필이 게이트 출구로 가는 건 정확하게 확인했고. 이제 편하게 움직이면 되겠어."

내가 몸을 일으키자 장유민이 쪼르르 따라왔다.

"저기, 수현 님! 혹시 어떤 계열의 특성인지만 여쭤봐도 될까요? 네?"

……갑자기 '씨'가 '님'이 됐네.

"격투도 수준급이시고! 마법 쪽으로도 무지 능통하신 것 같은데! 혹시 존 메이든 헌터나 레이황 헌터처럼 '아신' 특성인가요……?"

그녀는 세계적인 헌터들의 이름을 거론하며 눈을 반짝거리고 있었다.

"아신? 전혀 아닌데."

"그럼 뭔데요? 수현 님처럼 만능으로 능력을 발휘하는 특성이 아신 특성 말고 또 있나요?"

'당황스럽네.'

이 지구 세계에서 가장 강한 7인의 헌터, '세븐 스타즈'.

그들 중 두 사람이 가졌다고 알려진 특성이 바로 아신(亞神)이었다.

'세계 클랜 협의회에서 추산한 획득 확률이 0.000001%라고 했던가?'

1억 분의 1.

그건 1억 명의 헌터들이 한 번씩 새 특성을 얻을 때마다 한 번 정도 등장하는 특성이란 뜻이다.

근데 솔직히 그렇게 희귀한 정도까지는 아닐 듯했다.

'그러기엔 각 나라마다 한두 명씩 꼭 있잖아?'

이건 아마 세계 클랜 협의회에서 이슈를 끌기 위해서 만든 마케팅용 통계라고 보는 게 맞을 것이다.

아무튼 그만큼 '아신'은 엄청나게 희귀한 특성이기는 했다.

신에 버금간다는 명칭만큼이나 대단히 강력한 힘이기도 했고.

'근데 이 여자 눈에는 내 능력이 그만큼 신기하게 보인다는 말이지?'

그렇게 봐 준다니 기분은 좋네.

하지만 실상은 장유민의 예상을 더 뛰어넘는 것이었다.

야성.

이것은 이 지구 세계에서 유일무이한 능력이었다.

1억 분의 1이 아니라, 오직 단 한 명이 가진 힘.

그것이 바로 내가 가진 야성 특성이었다.

'이 여자는 절대로 짐작하지 못하겠지만.'

내가 내심 웃음을 짓는 사이, 장유민은 계속해서 고개를 갸웃거리고 있었다.

"하아, 뭐지? 랭커는 아닐 것 같은데…… 뭘까?"

다음 순간, 나는 그녀에게 수신호를 보냈다.

-더 떠들지 마.

"……?"

-적들이 많으니까.

"……!"

장유민은 그제야 주변을 돌아보며 긴장하기 시작했다.

우리는 이미 오크들의 영향권 안으로 들어온 상태였다.

그러니 더 떠들면 오크 창에 꿰여서 꼬치구이가 될 수도 있었다.

나는 해청을 뽑아 드는 것과 함께 바위를 훌쩍 뛰어넘었다.

그리고 달리기 시작했다.

동시에 내가 장유민에게 보낸 수신호는 이러했다.

-철조망 넘어서 인질 확보. 그리고 탈출해.

인질이란 당연히 새끼 늑대를 의미했다.

나는 장유민에게 울프 라이더들이 목숨처럼 여기는 새끼 늑대를 잡아서 빠져나가라고 시킨 것이다.

"아니, 그걸 왜 나한테……!"

목소리를 잔뜩 낮춘 여자의 눈동자가 미친 듯이 요동치고 있었다.

어째서 그렇게 위험한 일을 자신에게 맡기느냐는 표정이었다.

하지만 어쩔 수 없었다.

난 더 위험한 일을 해야 했으니까.

-그쪽이 늑대를 납치해서 어그로를 끌면 난 오크 군락을 폭발시킬 거야.

"……!"

-그러니까 폭발이 시작되면 북쪽으로 움직이다가 안전한 곳으로 몸을 피해. 알겠어?

나는 이 군락을 장작으로 삼아 성대한 캠프파이어를 벌일 작정이었다.

그러기 위해서는 꽤 깊숙한 곳까지 침투해야만 했고, 장유민이 어그로를 분산시켜 줘야만 했다.

황급히 손을 움직여 수신호를 보내는 장유민.

-꼬, 꼭 그래야 돼요?

미안하지만 그래야만 했다.

그것이 이 '적색 오크'들의 약점을 이용하는 최적의 공략법이니까.

나아가 이 게이트의 숨은 도전 과제를 달성하는 유일한 루트이기도 했다.

난 그걸 놓칠 생각이 없었다.

그리고 장유민에게는 말하지 않았지만…….

'새끼 늑대랑 비비적거리는 건 사양하고 싶거든.'

개털 알러지의 어쩔 수 없는 숙명.

아공간 주머니에 지르탁을 챙겨 오긴 했지만, 약을 복용하면 신체 능력이 약간 떨어지기 때문에 먹지 않는 것이 나았다.

그래서 장유민이 이 일을 맡아 줘야만 했던 것이다.

-뭐 해? 가.

-……네.

우린 갈라져서 움직이기 시작했다.

'어쩌면 그 여자들에게도 기회를 줄 수 있을지도 모르겠네.'

심혁필의 권속이 된 헌터들.

그녀들 또한 탈출의 기회를 잡을 수도 있을 것이다.

'100% 장담할 수는 없지만, 아까의 장유민처럼 살고자 하는 간절함이 있다면.'

가능성은 분명히 있었다.

오크 부락은 고요했다.

그리고 나는 레벨 10이 되었다.

　[알림 : 레벨이 올랐습니다!]

　[안내 : 남은 포인트를 사용할 수 있습니다. 포인트를 분배하여 스탯을 성장시키세요!]

그것은 은밀하게 움직이면서 오크 서너 마리를 사냥한 성과였다.

하지만 기뻐할 새는 없었다.

'이번에도 마력 스탯에 투자.'

　[알림 : 마력이 1 올랐습니다!]

나는 잔뜩 숨을 죽인 채 포인트 스탯을 분배한 뒤 천천히 앞으로 나아갔다.

지금 내가 있는 곳은 오크들의 오두막이 빼곡하게 들어찬 오크 부락의 중간 부분.

말 그대로 적진 한복판에 숨어들어 나아가고 있었던 것이다.

'적색 오크들은 감각이 둔한 대신에 전투력이 강하지.'

그러니 무조건 기척을 감추고 움직이며, 시간이 조금 걸리더라도 한 놈씩 처치하는 것이 쉬운 공략법이었다.

일단은 나 역시 그 공략법에 맞추어 움직이고 있었다.

다만 다른 것이 있다면…….

"꿔이익! 늑대 목장에 침입자의 흔적이 있다는 경보가 울렸다!"

"그렇잖아도 정찰조가 복귀하지 않았다! 쥐이잇!"

"쥐르륵! 감히 어딜! 모두 고삐를 잡고 전투 준비를 하도록 해라!"

바깥에서 장유민이 움직이고 있다는 점이었다.

그래서 오크들은 정신없이 뛰어다니면서 채비를 갖추는 중이었다.

나는 그 틈을 거침없이 파고들었다.

'울프 라이더들의 리더는 저쪽에 있겠군.'

치프 라이더(Chief Rider)라고 불리는 개체였다.

특별히 커다란 덩치와 다섯 가지의 무기로 무장한 만능형 몬스터.

'놈은 대장답게 가장 큰 숙소를 차지하고 있어.'

나는 부락 정중앙에 있는 놈의 거처를 향해 조심스럽게 접근했다.

동시에 새로운 권능이 전개되었다.

[알림 : 새로운 권능 '추적자 들개의 집념'을 완전히 사용할 수 있습니다.]

[정보 : 청각 정보가 시각 정보로 치환됩니다. 많은 에너지를 투입할수록 넓은 범위를 파악할 수 있습니다.]

츠츠츠…….

귓가에 들려오는 다양한 소리들이 눈에 보이는 것처럼 실선의 물체로 표현되기 시작했다.

이 권능은 소리를 내는 것이라면 무엇이든지 시각 정보로 바꾸어 추적할 수 있는 강력한 힘이었다.

반대로 말하자면 소리가 없는 것은 감지하기 어렵다는 뜻이지만…….

'이쪽으로 두 놈이 다가오고 있군.'

지금처럼 침입자들 때문에 모두가 뛰어다니고 있는 상황에서는 딱 알맞은 권능이었다.

'……지금!'

벽을 등진 채 몸을 감추고 있던 나는 다가오는 오크들을 향해 몸을 날렸다.

동시에 해청의 칼날을 횡으로 길게 휘둘렀다.

서거걱!

두 오크는 비명도 내지르지 못하고 목이 떨어지고 말았다.

나는 칼날에 묻은 피를 털어 낸 뒤, 목을 잃은 놈들의 시체를 적당한 곳에 숨겼다.

그리고 목표로 삼은 치프 라이더의 거처로 숨어들었다.

해청이 입을 연 것은 내가 상황을 살피고 있을 때였다.

–주인, 갑자기 궁금한 건데 말이야. 지금 주인한테 '레벨'이
라는 게 의미가 있는 거야?

나한테 레벨이 의미가 있냐고?

나는 피식 웃었다.

"인마, 그걸 말이라고 하냐? 당연히 있지. 왜, 의미가 없
는 것 같아?"

–응, 내가 보기엔 그래. 주인은 이미 너무 강한 것 같아. 레
벨이 필요 없을 정도로.

"그렇게 보일지도 모르겠네. 넌 정말 강한 헌터들을 본 적
이 없을 테니까."

하지만 나 역시 레벨 업이 중요했다.

내가 가지고 있는 권능들을 제대로 사용하기 위해서는 더
높은 레벨로 올라가야만 했다.

"지금이야 내가 무적처럼 보일지 몰라도, 조금만 더 수준
이 올라가면 괴물 같은 녀석들이 등장할 거야."

–그게 언젠데?

"레벨 30. 거길 넘어서면 슬슬 확실한 실력자들이 나오기
시작하거든."

레벨 30은 라이선스로는 R등급에 해당했다.

이 벽을 뛰어넘은 헌터들은 저마다 무시할 수 없는 무기를 갖추고 있기 마련이다.

고미정 팀장도 현역으로 실력을 꾸준하게 유지했다면 나에게 그렇게까지 당하지는 않았을 것이다.

"나도 그때를 대비해서 부지런히 레벨 업을 해 둬야 한다는 거야. 알겠어?"

그러자 해청에게서 돌아오는 대답.

-흠, 그럼 레벨 30 이하로는 무리 없이 정리할 수 있다는 말이네?

……그게 그렇게 되나?

-그리고 주인이 레벨 30에 도달하면 그때는? 레벨 50까지 상대할 수 있다는 거지?

"몰라, 인마……."

내 손으로 내 얼굴에 금칠을 하는 것 같아서 말하기가 좀 그렇지만.

'……아마 그렇겠지.'

나는 이미 300에 가까운 레벨을 달성해 보았던 헌터였다.

그러니 레벨 100 제한조차 뚫지 못한 지구의 헌터들은 고만고만하게 보이는 것이 사실이었다.

해청이 말한 것처럼, 나는 상대와 레벨이 더블 스코어로 차이가 난다고 해도 극복할 수 있었다.

-흐음.

해청은 잠시 생각하더니 묘한 목소리로 말했다.

-나도 분발해야겠다. 쉽지 않을 것 같지만.

"……?"

그 말에 나는 멈칫할 수밖에 없었다.

이 녀석도 슬슬 수혼검으로서 가진 맹수의 본능을 드러내는 건가 싶었으니까.

하지만 그것은 나의 오해였다.

-주인이 다른 검을 찾지 않도록, 나도 정진해야겠어! 주인은 나만의 주인이니까!

"……."

해청은 맹수의 본능이 아니라, 멍뭉미를 유감없이 드러내고 있었다.

'대체 앤 뭘까?'

정말 신우 말대로 그냥 댕댕이 아닐까?

나는 신화 속의 해태에 대해 심각하게 고민하며 발걸음을 옮겼다.

그리고 녀석이 염원했던 성장은 금세 다가왔다.

치프 라이더의 호위로 보이는 오크의 뒤를 잡고 심장 부근을 푹욱 찌른 그 순간.

[알림 : 무기 '해청'의 레벨이 올랐습니다!]

무기 경험치를 다 채우면서 해청의 레벨이 한 단계 올랐다.

녀석이 신이 나서 소리쳤다.

-우와! 이 맛이구나!

……대체 무슨 맛인지.

어쨌거나 나에게도 큰 희소식이었다.

[알림 : 무기의 레벨이 2가 되었습니다. 무기의 효과와 권능이 추가됩니다!]

[정보 : 근력에 주어지는 보너스가 +3이 되었습니다.]

[정보 : 새로운 권능 '해태의 이형'을 사용할 수 있습니다.]

나는 고개를 기울였다.

"이형? 형태를 바꾼다고? 어떻게?"

-바로 이런 거지!

즉각 튀어나오는 해청의 시범에 나는 눈을 크게 떴다.

촤르륵!

금속의 표면이 물결을 치듯 파동을 일으키는 것과 함께, 칼날의 가장자리로 이빨이 돋아나기 시작했다.

방금까지 해청은 적당히 평범한 모습의 장검이었는데.

'순식간에 톱날검이 됐잖아?'

오호, 이형이라는 게 이걸 말한 거였어?

-어때? 어때? 굉장하지 않아?

해청은 날카롭게 돋아난 이빨을 자랑하며 으스대고 있었다.

나는 상당히 감명을 받은 상태였다.

'수인검의 형태 변이는 보통 4레벨이나 5레벨에서 얻을 수 있는 건데, 이게 벌써 나오다니…….'

알고 있는 것보다 해청의 성장이 빨랐다.

나쁜 일은 아니었다.

오히려 전무후무할 만큼 주인에게 친화적이면서도 위력이 강력한 수혼검이 될 가능성이 있었던 것이다.

'아니, 그럼 이 녀석이 만렙을 찍으면 어떻게 되는 거야?'

다른 수혼검들이 레벨 4 또는 5에서 얻는 기술을 벌써 얻어 버렸으니 앞으로의 성장이 어떻게 이루어질지 감히 예측을 할 수가 없었다.

'제대로 이끌어만 주면 정말 역대급 수혼검이 되겠어.'

물론 긴장의 끈을 놓기는 여전히 힘들었다.

하지만 해청이 어디까지 도달할 수 있을지 상상하는 것은 즐거운 일이었다.

"좋아. 다시 가 볼까?"

-응! 주인!

나는 녀석에게 더 많은 경험치를 먹여 줄 것을 다짐하며 숙소 안쪽으로 들어섰다.

그러자 시스템 메시지가 떠올랐다.

[알림 : 미니 보스 '다혈질 오크 치프'의 관할 구역에 진입했습니다!]

하지만 미니 보스는 등장하지 않았다.

온갖 모피와 날붙이들로 호화롭게 장식된 오크의 오두막은 텅 비어 있었던 것이다.

동시에 바깥에서 울프 라이더들의 함성이 들려왔다.

"끄이잇! 여자를 잡아라!"

"새끼 늑대를 데리고 도망친다!"

"췟! 뭣들 하고 있어! 어서 죽여! 취이익!"

'……좋아.'

나는 고개를 끄덕였다.

'장유민이 제몫을 잘해 주고 있네.'

그렇다면 나도 할 일을 해야지.

이곳에서 폭발의 불꽃을 틔우는 것.

그게 나의 역할이다.

저벅저벅.

나는 치프의 침상을 향해 거침없이 다가섰다.

기묘한 악취가 피어오르는 침상.

"……엣취!"

재채기가 저절로 나왔다.

치프 라이더가 거느린 늑대의 털이 아직도 풀풀 날리고 있는 덕분이었다.

그래서 나는 최대한 숨을 참은 채 그 부근을 살펴보았고.

"찾았다."

침상의 머리맡에서 낯익은 붉은 보석 하나를 발견할 수 있었다.

〈적색 오크의 심장석〉

[내단] 끝없이 불타는 오크의 패기를 모아서 빚어낸 결정체. 특정한 환경에 노출되면 꺼지지 않는 불길이 되기도 한다.

……꼬이고 꼬인 문젯거리들을 단숨에 풀어 줄 열쇠.

'아니, 화약.'

이 붉은 보석은 게이트의 모든 것을 불태워 버릴 것이다.

"흐아, 흐아아악!"

장유민은 미친 듯이 달리고 있었다.

등 뒤에서는 늑대에 탄 오크들이 바짝 쫓아오고 있는 상황이었다.

'지금 나한테 그 힘이 있었더라면……!'

심혁필에게 자신을 빼앗긴 뒤로 장유민은 늘 간절하게 자유를 소망했다.

하지만 지금 그녀는 그 힘을 그리워하고 있었다.

당장 죽을 것 같았으니까!

낑! 끼이잉!

그녀에게 납치되어 품 안에 가두어진 새끼 늑대는 버둥거리며 탈출을 감행하려했다.

"인마! 가만있어!"

장유민은 녀석의 목덜미를 꽉 붙잡으며 스킬을 전개했다.

[알림 : 스킬 '초보의 통제'가 효과를 발휘합니다.]

낑……

스킬이 먹혀들면서 잠잠해지는 새끼 늑대.

다행스럽게도 예전에 익혀두었던 조련 스킬이 효과를 발휘한 것이다.

하지만 장유민에게 자신이 처한 죽음의 위기를 잠잠하게 만들 스킬은 없었다.

"인간을 저쪽으로 몰아라! 췻!"

그녀의 뒤를 바짝 쫓아오는 울프 라이더 오크들.

"뀌이익! 새끼가 다치지 않게 해라!"

그들은 단지 늑대가 다칠까 우려되어 화살을 쏘지 않고 있는 것이었다.

까딱 잘못해서 새끼를 놓치기라도 한다면 곧바로 고슴도

치가 될 상황이었다.

　그 때문에 장유민은 미칠 것 같은 기분을 느끼고 있었다.

　'대체 언제 군락이 폭발한다는 거야? 그 자식, 혹시 실패
한 거 아니야?'

　최원호가 이야기했던 행동 타이밍이 영원히 오지 않을 것
만 같은 두려움이 엄습하고 있었다.

　'가만히 생각해 보니까 너무 이상해! 오크 부락 한복판에
서 무슨 폭발을 어떻게 일으킨다고……!'

　하지만 바로 그때.

　콰아아아앙!

　엄청난 폭음이 치솟았다.

　그리고 몸이 휘청거릴 정도의 폭풍이 등 뒤를 덮쳤다.

　"흐아아악!"

　장유민은 늑대를 품에 안은 채 앞으로 나동그라지고 말
았다.

　그러나 별탈은 없었다.

　끼이이잉!

　푹신한 털을 가진 새끼 늑대가 살아 있는 쿠션이 되어 준
덕분이었다.

　"어머, 괜찮아? 미안해!"

　늑대에게 정신없이 사과한 그녀는 서둘러 몸을 일으켜 뒤
를 돌아보았다.

다행스럽게도 울프 라이더들 역시 마찬가지로 바닥을 나뒹굴고 있는 상태.

그리고 오크들은 폭발의 진원지를 멍하니 바라보고 있었다.

"취, 취잇! 저게 뭐냐?"

"어째서 '전사의 불'이 일어난 거지?"

모든 오크가 나자빠진 채 영혼이 빠진 눈으로 서로를 응시하고 있었다.

장내를 압도하는 존재가 등장한 것은 바로 그때였다.

"이 돼지들아! 어서 북쪽 바다를 향해 달려라! '전사의 불'에 익혀져 돼지구이가 되고 싶은 것이냐!"

[경고 : 미니 보스 '다혈질 오크 치프'가 등장합니다!]

바로 이 게이트의 미니 보스인 치프 라이더가 황소만큼이나 거대한 늑대를 탄 채 나타난 것이다.

"미, 미니 보스……!"

장유민은 새끼 늑대를 끌어안은 채 뒷걸음질을 쳤다.

치프 라이더는 지금 싸워서는 절대로 이길 수 없는 상대였기 때문이다.

그러나 어쩐 일인지 놈은 방향을 바꾸어 달리기 시작했다.

"……?"

자신은 안중에도 없다는 듯한 움직임에 장유민은 잠시 의

아해졌다.

하지만 다음 순간.

"어? 어? 어어어!"

그녀 역시 황급히 움직일 수밖에 없었다.

콰구구구구구구!

오크 부락에서 시작된 화염.

거대한 불길이 마치 해일처럼 일어나서 이쪽을 덮치고 있었던 것이다.

마치 신화 속의 불지옥이 현세에 재림한 것 같았다.

숲이 거대한 불구덩이로 변하고 있었다.

그러니 오크와 인간은 종족을 가릴 것 없이 뛰어야만 했다.

"취이이잇! 도망쳐라!"

"으, 으아악! 살려 줘!"

"끄꿰이이익!"

바야흐로 모두가 북쪽의 바다를 향해 달리는 대질주의 시작이었다.

'내 이름이 뭐였더라?'

특수팀의 선봉 헌터는 긴 생각 끝에 자신의 이름을 떠올릴 수 있었다.

짐승같은 뉴비

'……이규란.'

그것이 자신의 이름이었다.

그러자 문득 뺨이 화끈거리는 것이 느껴졌다.

아까 마스터에게 호되게 맞은 곳이었다.

심혁필이 노인이고 신체 강화 능력이 없다고는 하지만.

그래도 여전히 마력 각성자였다.

그런 그가 있는 힘을 다해 휘둘렀으니, 방어할 수 없었던 이규란의 얼굴은 금세 엉망진창이 될 수밖에 없었다.

어루만질 수 없는 아픔을 느끼며 그녀는 멍하니 생각했다.

'도망치고 싶다.'

……아니, 죽고 싶다.

영원히 이 상황을 끝내 버리고 싶다는 소망이 이규란의 가슴 속에서 꿈틀거리고 있었다.

그러나.

[알림 : 불완전한 스킬 '피의 지배'가 작동 중입니다.]

[안내 : 피지배자의 자율적인 생각이 일부 제한됩니다.]

"……."

심혁필의 스킬이 작동하며 그 생각은 이내 잦아들 수밖에 없었다.

이 스킬로부터 벗어나기 위해서는 심혁필이 빈틈을 내보

여야만 했다.

그가 최원호에게 가격당해서 기절당했던 것처럼 기회가 필요했던 것이다.

'절대 탈출할 수 없다.'

학습된 무기력이 이규란의 정신을 무겁게 짓눌러 깊은 곳으로 가라앉혔다.

기적이 일어나지 않는다면, 그녀와 특수팀 헌터들은 영원히 심혁필의 권속일 수밖에 없었다.

하지만 바로 그때.

콰구구구구구구!

숲 어딘가에서 거대한 폭발음이 터져 나왔다.

숲은 물론이고, 북쪽 땅 어귀의 바닷물마저 뒤흔드는 폭발.

"뭐, 뭐냐? 방금?"

"아버지! 갑자기 숲에서 불길이 올라오고 있는데요?"

"불길? 산불인가?"

"그, 글쎄요?"

심혁필 부자는 폭발을 바라보면서 아리송한 표정들이 되었다.

게이트 출구 근처에 새로운 야영지를 짓고 있던 그들은 작업을 멈출 수밖에 없었다.

"아버지, 어째 불길이……."

"응? 산불이 왜?"

"점점 이쪽으로 오는 것 같은데요?"

그 불의 장벽이 서서히 다가오고 있다는 사실을 알아차린 것이다.

"어떡하죠?"

"뭘 어떡해! 숲이 없는 곳까지 이동해야지! 게이트에서 산불이라니! 갑자기 이게 무슨 일인지⋯⋯!"

투덜거리던 심혁필.

그러다가 문득 떠오른 가능성에 베테랑은 눈살을 찌푸리며 생각에 잠겼다.

그리고 다음 순간.

"⋯⋯설마?"

떨리는 눈동자가 타오르는 숲으로 향했다.

최악의 가능성을 뒤늦게 깨달은 것이었다.

'그 빌어먹을 보석이 폭발한 것은 아니겠지?'

어디선가 거센 고함이 터져 나온 것은 바로 그때였다.

"취이잇! 인간들을 발견했다! 전부 죽여서 머리를 걸어라!"

"이, 이런 제기랄⋯⋯!"

숲에서 뛰쳐나온 울프 라이더 치프.

이 게이트에서 가장 강력한 전사가 심혁필의 일행을 향해 달려들고 있었다.

불길은 남쪽에서 불어오는 바람을 타고 쏟아지는 비처럼 번지고 있었다.

그리고 나는 시스템 메시지를 보며 고개를 끄덕이고 있었다.

"좋아. 됐어."

[알림 : 숨겨진 게이트 미션이 활성화되었습니다.]

[미션 : 모든 숲을 파괴하여 은폐한 적을 완벽하게 몰아내십시오.]

[안내 : 현재 남은 면적은 71%……]

숨겨진 게이트 미션이 열리고, 불길이 숲을 태우며 항구 쪽으로 올라가고 있는 상황.

게다가 이 불의 벽은 내가 만든 공격 장치로 간주되는 중이었다.

그 덕분에……

[알림 : 환경을 이용하여 D등급 몬스터 '평범한 오크 전사'를 처치했습니다.]

[알림 : 환경을 이용하여 D등급 몬스터 '날렵한 오크 궁수'를 처치했습니다.]

[……]

[알림 : 레벨이 올랐습니다!]

손도 대지 않고 레벨 업까지.

나의 노림수는 정확하게 작동하고 있었다.

'모든 게이트들을 이렇게 공략할 수 있으면 참 좋을 텐데 말이지.'

안타깝게도 이 공략법은 이 게이트에서만 통용되는 것이었다.

일단 내가 입수한 그 '적색 오크의 심장석'이라는 내단은 사실 아주 강력한 폭발물이었다.

'붉은 빛으로 아름답게 빛나는 보석처럼 보이지만, 내부에는 어마어마한 화력을 지니고 있는 폭탄.'

자칫 잘못 건드리면 그대로 폭발을 일으켜 주변을 쓸어버릴 수 있는 힘을 가지고 있는 물건이었던 것이다.

'그래서 지구의 헌터들은 아예 손도 대지 않았어.'

하지만 난 그렇지 않았다.

이건 제대로 다루는 방법을 알고 있다면 원하는 방향으로 폭발력을 쏟아 낼 수 있는 물건이었다.

그리고 야수계에서는 이미 연구가 끝난 무기이기도 했다.

'고위 오크들이 심장석을 사용하는 방법을 리버스 엔지니어링해서 풀어 낸 거지.'

아주 간단했다.

마치 현대 군인들이 적 방향으로 '크레모아'를 터트리는 것처럼……

　[알림 : 내단 '적색 오크의 심장석'이 점화되었습니다.]
　[경고 : 폭파에 주의하십시오!]

적당한 안전거리를 확보해서 물러난 뒤, 요령 있게 마력을 투사하기만 하면 끝.

나는 치프 라이더의 거처를 빠져나오자마자 영혼석을 점화했고, 시작된 폭격은 단숨에 오크 부락을 날려 버렸다.

해청도 그 광경이 퍽 인상적이었던 모양이다.

-주인, 아까 불의 바람이 부채꼴로 확 퍼져 나가는 것 말이야. 내가 응용할 수는 없을까? 나도 '굉소'를 그렇게 터트릴 수 있으면 좋을 것 같아! 원리가 뭐야?

"폭발의 원리?"

나는 간단히 설명했다.

"저 불은 그냥 불이 아니야. 마력을 촉매로 사용하는 '전사의 불'이지. 약간의 마력을 흘려보내면서 폭발의 경로를 만들어 주면 정확하게 방향을 잡을 수 있어."

-촉매? 그건 뭐야?

"반응을 가속시키는 역할의 물질을 촉매라고 해."

-아, 그렇구나. 그럼 내가 굉소에 활용하긴 힘들겠네.

"그래도 기특한데? 그런 생각도 하고."

-헤헤, 그럼 하나만 더 물어볼래! 지금 불이 엄청난 속도로 퍼져 나가는 건 어떻게 된 거야? 그것도 뭔가 마법이야?

적색 오크의 심장석에서 시작된 폭발은 숲을 활활 불태우며 해일처럼 쏟아져 나가고 있었다.

아주 정확하게 북쪽을 향해서 엄청난 속도로 퍼져 나가는 중이었다.

그 방향성과 속력의 비결.

"저 북쪽 항구의 앞바다에는 특별한 물건이 묻혀 있어. 그런데 '전사의 불'은 그걸 추적해서 태우려는 성질이 있지. 그래서 자연스럽게 북쪽으로 진행되고 있는 거야."

아궁이에다 산소를 불어넣으면 불이 따라서 커지는 것과 비슷한 현상이었다.

그러자 해청이 나에게 되물었다.

-특별한 것? 거기 뭐가 묻혀 있는데?

나는 간단하게 대답했다.

"화물선. 정확하게는 그 배에 실린 화물들이야."

이 게이트의 미션 목표 중 하나인 화물선은 무진 그룹의 루키들에 의해 물밑으로 가라앉은 상태였다.

그 배에 실린 짐 상자들이 '전사의 불'을 유도하는 장치였다.

-신기하다! 화물이 뭐길래?

하지만 나는 쓴웃음을 지을 수밖에 없었다.

"나도 몰라. 모습을 드러낸 적이 없거든."

－으응? 모습을 드러낸 적이 없다니?

나는 옛 기억을 떠올리며 짧게 설명했다.

"짐 상자를 열기 전까지는 분명히 뭔가 있는 것이 감지되는데, 이상하게도 상자를 열기만 하면 아무것도 없었어. 상자를 닫으면 다시 감지됐고."

슈뢰딩거의 고양이라도 들어 있는 걸까.

어째서 상자를 열기만 하면 내용물이 사라지는 건지 알 수가 없었다.

이 현상은 그 어떤 마법으로도 파훼가 불가능했다.

더욱 기이한 것은 게이트 보스인 '미치광이 오크 주술사'가 살아 있는 상황에서는 화물 자체가 등장하지 않는다는 것.

'……그게 이 게이트의 수수께끼였지.'

그런 까닭에 '전사의 불'은 북쪽 바다를 향해서 맹렬히 달리는 중이었다.

이 불길은 모든 것을 다 태워 버리고 화물선이 침몰한 항구 앞바다에서 멈춰 설 것이다.

아무리 대단한 불길이라도 바닷속까지 태울 수는 없었으니까.

"아무튼 왜 불길이 저쪽으로 흐르는 건지 알겠지?"

－응, 대충은.

나는 불길의 뒤꽁무니를 따라가며 목숨이 붙어 있는 오크들을 푹푹 찔러 죽였다.

'열셋, 열넷, 열다섯……'

약 스무 마리 정도쯤 정리했을 때.

[알림 : 레벨이 올랐습니다!]

레벨 11 달성.

"이 기세라면 10분 안에 12까지 가겠는데?"

원래 이 게이트의 오크들은 레벨은 15 내외로 상당히 전투력을 가진 개체들이었다.

하지만 아까의 불길에 휘말려 숨이 꼴깍꼴깍 넘어가는 상태였으니 굳이 체력을 소모할 필요가 없었다.

그 덕분에 나는 땀 한 방울 흘리지 않고 레벨 업을 하는 중이었다.

"어, 잠깐만……."

머릿속에 장유민의 존재가 떠오른 것은 그때쯤이었다.

'이 여자는 어디까지 간 거야? 설마 죽은 건 아니겠지?'

슬슬 나타나야 할 텐데?

정확히 바로 그때였다.

"크악! 백수현! 이 미친놈아!"

마치 무덤에서 튀어나오는 좀비처럼 장유민이 땅속에서 솟구친 것이다.

"……숯 검댕이 살아서 말을 하네?"

"당신! 내가 죽여 버릴 거야앗!"

그녀가 몸을 숨겼던 장소는 개울물이 흘렀던 곳인지 움푹하게 물기가 남아 있는 곳이었다.

장유민은 저곳을 깊게 파고들어가서 불길로부터 몸을 피했던 모양이다.

"음, 고생했겠네."

"그렇게 큰 불이면 미리 이야기를 했어야지! 정말 죽을 뻔했단 말이야앗!"

진흙투성이가 된 장유민은 나에게 진한 분노를 토해 내고 있었다.

몸까지 부들부들 떨고 있는 것을 보니, 아주 약간 미안하긴 했지만…….

"이봐, 북동쪽에 큰 강물이 흐른다는 거 까먹었어? 여기 들어오기 전에 겨울공주가 브리핑했잖아? 아까 다 들었을 텐데?"

"뭐? 가, 강물?"

"응. 거기로 피했어야지. 당연한 것 아냐?"

"……!"

뜨악한 표정을 보니 그걸 잊었던 모양이다.

나는 피식 웃었고 여자는 부끄러움으로 얼굴을 붉히며 변명했다.

"저, 전 이렇게 불길이 크고 빠를 줄 몰랐단 말이에요! 대체 뭘 어떻게 한 거죠? 숲에다 미리 화약이라도 뿌려 둔 건가요?"

존댓말이 되돌아온 것을 보니 생고생이 제 탓이라는 것은 인정한 모양이다.

나는 간단하게 대답했다.

"그건 업계 노하우라서 알려 줄 수 없어."

해청에게는 친절하게 설명해 줬지만 이 여자에겐 그럴 필요가 없었으니까.

하지만 장유민은 새로운 오해를 시작했는지 표정이 시시각각 바뀌고 있었다.

"흐음, 게이트 테러리스트는 그런 노하우까지 갖추고 있구나."

……또 그 소리.

"관두자."

이젠 해명을 해도 전혀 입력이 안 되는 지경이 된 것 같았다.

바로 그때였다.

낑!

"엥? 낑?"

진흙으로 엉망이 된 장유민의 겉옷 아래로 뭔가가 불쑥 튀어나온 것이었다.

동시에 나는 코끝이 간질간질해지는 것을 느껴야만 했다.

"에잇취! 이런⋯⋯."

장유민이 아직도 새끼 늑대를 데리고 있을 줄은 몰랐다.

나는 코를 훌쩍이며 손짓했다.

"걔는 이제 그만 놔줘. 필요 없으니까."

하지만 장유민은 고개를 젓는 것이었다.

"아뇨, 이 녀석이 여길 찾아서 날 살려 줬어요. 그러니까 데리고 가고 싶어요."

"늑대를 데려가고 싶다고?"

끼잉?

고개를 갸웃거리는 새끼 늑대는 귀염둥이 강아지나 다름없었을 테니 그새 마음을 빼앗긴 모양이다.

"어차피 몬스터도 아닌데 상관없잖아요? 나 테이밍 스킬도 있거든요!"

그리고 마음을 빼앗긴 또 한 사람.

⋯⋯아니, 한 자루.

─우와, 세상에 저렇게 귀여운 생명체가 있다니! 주인! 데리고 가자! 한 수 배워야겠어!

뭘 배운다는 거야?

'그리고 배워서 어디다 쓸 건데?'

장유민은 새끼 늑대에 말라붙은 진흙을 털어 내며 내 눈치를 살폈다.

"괜찮죠? 호, 혹시 얘도 게이트의 산물이란 이유로 무자비하게 죽여 버릴 생각은 아니겠죠?"

이 여자가 사람을 뭘로 보고.

나는 한숨을 내쉬었다.

"맘대로 해. 어차피 내가 상관할 일은 아니니까."

대신 나는 장유민과 적당히 떨어져 걷기 시작했다.

그리고 잠시 후.

[알림 : 환경을 이용하여 D등급 몬스터 '교활한 오크 척후'를 처치했습니다.]

[알림 : 레벨이 올랐습니다!]

내 레벨은 12가 되었다.

'좋았어.'

새로 얻은 포인트는 곧바로 마력 스탯에 투자했다.

그 결과 내 스탯은 제법 성장을 거둔 상태였다.

〈스테이터스〉

[최원호]

레벨 : 296(-284) → 12

칭호 : 역병 군주의 참살자(근력 +1, 체력 +1), 노력파 장인(지력 +2,
의념 +2), 뉴비(의념 +1)…….

[전투력 평가]

근력 : 15+4

민첩 : 14+4

체력 : 10+1

지력 : 19+2

의념 : 17+3

마력 : 19+1

남은 포인트 : 0

'초반에는 헌터의 성장이 빠르다지만, 12레벨이라면 적어도 3개월은 고생해야 하는 건데.'

어쩌다 보니 나 혼자서 독식을 하게 되면서 급속도로 성장이 이뤄지고 있었다.

그리고 마력에 대부분의 포인트를 투자한 부작용은 걱정하지 않아도 될 듯했다.

'바람 망토와 해청의 추가 효과 덕분에 근력과 민첩이 제법 훌륭하게 보강됐어.'

나는 만족스럽게 고개를 끄덕이면서 상태 창을 닫아 두었다.

……그리고 드디어 때가 되었음을 깨달았다.

눈앞에 떠오른 일련의 시스템 메시지들이 그것을 의미하고 있었다.

[알림 : 모든 숲을 파괴하여 은폐한 적을 완벽하게 몰아내는 데
에 성공했습니다!]

[알림 : 미니 보스 '다혈질 오크 치프'가 현재 전투 중입니다!]

[안내 : 전투에 참가하여 보상을 획득하세요!]

이 게이트의 마지막 순간.

그리고 심술궂은 늙은이의 더러운 야욕을 끊어 낼 순간이
온 것이다.

"……아, 안 돼애애애!"

어디선가 들려오는 처절한 비명에 나와 장유민은 누가 먼
저랄 것도 없이 달리기 시작했다.

❦

……숲이 끝나고 항구가 시작되는 지역.

헌터들과 몬스터들의 전투는 숨 막히게 이어지고 있었다.

"어디서 감히 D등급 몬스터 따위가!"

"취이잇! 전원 물러서지 마라! 끝까지 몰아붙여서 모조리
목을 벤다!"

권속들을 전면에 내세운 심혁필 일행과 치프 라이더가 지
휘하는 오크들의 차륜전이 서슬 퍼런 기세로 이어지고 있었
던 것이다.

언뜻 보기에는 오크들이 불리한 것처럼 보이는 상황이었다.

"죽어라! 이 더러운 괴물아!"

심혁필의 손끝에서 공격 마법이 번쩍이며 쏟아지고.

"모두 반격에 주의해."

"……예."

여전히 말이 없는 특수팀 헌터들의 칼날이 휘둘릴 때마다 울프 라이더들이 허망하게 쓰러져 죽어 가고 있었으니까.

"끄꿰이이이……."

사실 그럴 수밖에 없는 상황이었다.

이 게이트 몬스터들의 평균 레벨은 15에 불과했다.

하지만 심혁필과 헌터들은 15레벨의 수준을 벌써 한참이나 뛰어넘은 이들이었다.

그들은 이미 20레벨을 뛰어넘은 데다, 신인류로서 '뉴타입' 특성까지 이용하고 있었다.

그러니 비교하기 어려울 만큼 강력한 전투력으로 오크들을 찍어 누를 수 있었다.

하지만.

[알림 : 마력이 부족합니다.]

[알림 : 지나친 마력 활용으로 인해 마력 회로가 과열되고 있습니다!]

[알림 : 피지배 개체 '이규란'의 체력이 부족합니다.]

[안내 : 위험할 수 있습니다. 휴식을 취하세요!]

"이런 씻팔⋯⋯!"

전투력의 떨어지고 있음을 경고하는 시스템 메시지에 심혁필은 이를 부드득 갈았다.

'점점 불리해지고 있어! 오크들이 많아도 너무 많아!'

울프 라이더들은 헌터들을 서서히 핀치로 몰아가는 중이었다.

개개인의 전력이 우세한 것은 분명 헌터들 쪽이었다.

하지만 오크들이 수적 우세를 이용해서 소모전을 벌이자 서서히 상황이 뒤집히고 있었다.

"아버지! 포기하고 게이트 출구로 탈출하시죠! 손실이 더 커집니다!"

지켜보던 심재진의 외침이었다.

하지만 심혁필은 미친 듯이 역정을 냈다.

"이 멍청한 자식아! 빌어먹을 헛소리하지 마! 장유민을 잃었잖아! 백수현, 그 개새끼 때문에!"

"⋯⋯."

분노에 사로잡힌 아버지 앞에서 심재진은 아무런 말도 하지 못했다.

설득할 수 없다는 것을 깨달았으니까.

때론 자신의 선택이 틀렸다는 것을 알면서도, 격렬한 감정에 의해 그것을 바로잡지 못하는 순간이 있었다.

심혁필에게는 바로 지금이 그랬다.

"그아아아앗!"

[알림 : 특성 '마술'이 반응하고 있습니다.]
[알림 : 스킬 '화염의 성'이 만들어집니다!]

노인은 전신에서 마력을 짜내어 전장 한복판에다 거대한 불의 장벽을 만들어 냈다.

거세게 몰아닥치는 화력에 오크들이 흠칫 물러난 그 순간.

"시간을 벌었으니 모두 항구 지형으로 올라가!"

심혁필은 찢어지는 듯한 목소리로 일행들에게 명령했다.

"항구에 있는 지형지물을 이용해서 오크들을 각개격파 하겠다! 모두 방어적으로 움직이도록!"

그것은 울프 라이더들을 상대하는 정석적인 전략을 이용하겠다는 구상이었다.

복잡한 지형 구조 안에서 오크들을 하나씩 상대한다면, 체력과 마력을 충분히 보존하면서 싸울 수 있을 것이라는 판단이었다.

하지만 결과적으로 그것은 심혁필의 희망 사항에 불과했다.

"취이이잇! 어딜 내빼는가! 비열한 인간들아!"

"……!"

마치 장막을 찢고 나오는 칼날처럼.

"지금부터 내가 내리는 벌을 받아라! 꿰이이이익!"

거대한 늑대에 올라탄 치프 라이더가 불의 벽을 뚫고 심혁필을 향해 달려든 것이었다.

대열의 틈새를 파고든 놈은 순식간에 노인의 코앞까지 도달했다.

흉악한 형태의 전투 도끼가 무시무시한 속도로 날아들었다.

'내, 내가 이렇게 끝난다고?'

……노인의 목이 잘리기 직전의 그 순간.

"아버지!"

달려든 것은 심재진이었다.

콰직!

아버지를 대신해서 도끼날을 막아선 아들의 몸이 반으로 갈라지며 피분수를 토해 냈다.

심혁필은 비명을 내질렀다.

"아, 안 돼애애애애!"

정도를 조절하지 않은 마법들이 치프 라이더에게 마구잡이로 쏟아졌다.

그와 동시에 이규란을 비롯한 여헌터들이 달려들어 오크에게 합동 공격을 퍼부었다.

"춰잇……!"

헌터들의 강력한 반격에 치프 라이더 역시 삽시간에 걸레짝이 되고 말았다.

피투성이가 된 아들을 끌어안은 심혁필이 목이 찢어져라 소리쳤다.

"그놈을 나에게 데려와! 당장!"

아들에게 치명상을 안겨 준 몬스터를 직접 찢어발겨 죽이겠다는 명령이었다.

그러나 불청객이 끼어든 것은 바로 그때였다.

"어, 미안하지만 그 녀석은 내 꺼야, 영감."

푹!

어디선가 날아든 톱날검이 오크 치프의 머리통에 박혀들었다.

마치 잘린 스테이크 조각에 포크를 깊게 밀어 넣는 것처럼 깔끔한 일격.

"크르르……."

치프 라이더는 그대로 쓰러졌고, 놈과 정신적으로 연결되어 있던 늑대는 어디론가 도망쳤다.

"취이잇! 치프가 쓰러졌다!"

"도망쳐라! 끄꿰이이익!"

오크 잔당 역시 일단 후퇴를 외치며 다 타 버린 숲속으로 사라져 버렸다.

"……."

"……."

그리고 장내에는 기괴한 침묵이 이어졌다.

하지만 그런 것쯤은 아랑곳하지 않는다는 듯 유혈이 낭자한 한복판으로 걸어 나오는 남자.

"좋은데? 톱날검 형태도 강성이 괜찮았어."

그는 만족스러운 표정으로 혼잣말을 중얼거리며 여유롭게 검을 회수했다.

"배, 백수현……!"

심혁필은 그를 알아보고는 어금니를 으드득 갈았다.

"너 이 개새끼! 내 권속! 장유민이 내놔! 어디 있어!"

그 외침에 최원호는 피식 웃었다.

"당신이야말로 사람 새끼가 아닌 것 같은데?"

"뭐?"

"당신 아들이 죽어 가고 있잖아? 1초라도 빨리 게이트 밖으로 나가서 치료해야지. 근데 권속부터 찾는 거야?"

"……."

"아무리 그래도 천륜이란 게 있는 법인데. 그 '신인류'라는 사람들은 정이 좀 부족한가 봐?"

내가 빈정거렸지만 심혁필은 대꾸하지 못했다.

"아, 아버지……."

그저 심재진의 고통에 찬 신음만이 피투성이 땅바닥을 굴러다니고 있을 뿐이었다.

침묵은 오래 걸리지 않아 깨졌다.

"……젠장! '신인류'에 대해 어디까지 알고 있는 거냐? 설마 장유민이한테 들은 건가?"

늙은이는 죽어 가는 아들을 내려놓고 나를 향해 무시무시한 살기를 쏟아 내기 시작했다. 지금까지 지구에서 만난 적중에선 가장 위력적인 기세였다.

'적어도 준치라더니 저래 봬도 SR급 출신이라는 건가?'

하지만 나는 이미 저 늙은이의 손목을 부러뜨렸고, 그 타격은 여전히 유효했다.

저 어설픈 부목에다 묶어 놓은 왼쪽 팔이 증거였다.

'그리고 여전히 기억이 돌아오지 않은 것 같은데?'

그것은 내가 심어 놓은 '흡혈뱀의 기생충'이 여전히 잘 작동하고 있다는 뜻이기도 했다.

'아주 좋아. 결정적일 때 써먹을 수 있겠군.'

생각을 마친 나는 빙긋 웃으며 입을 열었다.

"장유민, 이제 나와도 괜찮아."

그러자 그녀가 수풀 속에서 모습을 드러냈다.

"심혁필! 이 개만도 못한 새끼야!"

아주 우렁찬 욕설과 함께.

"……."

솔직히 감탄했다.

'욕 박는 것 하나는 이 여자가 신우보다 센 것 같은데?'

그러자가 노인은 장유민을 향해 곧바로·반응했다.

"어이, 장유민이! 넌 지금 자살 행위를 하고 있는 거야! 난 네년을 '신세계'로 데려가기 위해서 막대한 시간과 돈을 쏟아부었다!"

'신세계'라?

"그런데 지금 넌 그걸 물거품으로 만들고 있어! 네년에게 과연 또 다른 기회가 주어질까?"

설득과 협박이 적절하게 섞인 일갈.

이어서 늙은이는 노련하게 장유민을 몰아붙였다.

"딱 한 번만 기회를 주겠다! 이리 와서 네 선배들 사이로 복귀해! 그리고 저놈을 죽여라! 그러면 다시 신인류가 되도록 도와주마!"

지금이라도 돌아오라는 회유까지.

마치 교과서를 보는듯한 주둥이술이었다.

하지만.

"니 ×이나 까 잡숴! 이 미친 영감탱이야!"

음, 씨알도 안 먹히네.

"입 닥치고 거기서 기다리고 있어!"

장유민은 자신의 검을 뽑으며 시원하게 내질렀다.

"지금 내가 그 손가락을 전부 잘라서 똥구멍에다 처박아줄 테니까!"

"……."

너무나 강렬한 경고에 심혁필마저 어안이 벙벙한 표정이
되고 말았다.

　　나도 또 한 번 감명받았다.

　　'혹시 욕설 관련 특성이라도 얻은 건가? 각성자 특성 중에
그런 건 없었던 것 같은데.'

　　아니, 어쩌면 그만큼 저 늙은이한테 맺힌 게 많다는 뜻일
지도 모르겠다.

　　"허, ×이나 까 잡쉬? 또, 똥구멍이 뭐 어째?"

　　놀라운 폭언에 노인은 적잖은 충격을 받은 표정이었다.

　　그리고 그사이.

　　"허어억⋯⋯."

　　심재진은 가만히 눈을 감은 채 천천히 입이 벌어지고 있
었다.

　　정말로 죽어 가고 있는 것이다.

　　당장 게이트 밖으로 나가서 치료 마법을 받지 않는다면 아
버지가 아들의 시체를 치우게 될 것이다.

　　그러나 심혁필은 나와 장유민을 향해 소리쳤다.

　　"좋다! 둘 다 이 자리에서 죽여 주마! 주제도 모르고 이 심
혁필에게 반항한 대가를 치르게 해 주마!"

　　⋯⋯저 할배가 제정신이 아니라는 것은 진즉에 알고 있었
지만.

　　"영감, 정말 그딴 게 더 중요하다고? 지금 당신 아들이 죽

어 가고 있는데?"

그러자 늙은이의 눈이 시뻘겋게 물들었다.

"아들은 또 낳으면 돼!"

'뭐라고?'

나는 귀를 의심했지만 심혁필은 모두를 향해 고래고래 고함을 질러 댔다.

"그래! 더 어릴 적부터! 갓난쟁이일 때부터 '신인류'로 키워 내는 게 나을 수도 있지! 모두를 위해 차라리 그게 나은 길일 수도 있는 법이다!"

"……저 미친놈. 악마 다 실직하겠네."

욕설을 쏟아 내던 장유민마저 혀를 내두르고 있었다.

나도 마찬가지였다.

"해청, 원래 형태로."

-응! 주인!

검을 원래 형태로 되돌려서 칼집에 집어넣은 나는 나지막이 한숨을 내쉬었다.

'생각보다도 더 인간 망종이었구나.'

그 덕분에 죄책감은 전혀 없을 듯했다.

오히려 거꾸로 힘을 얻었다.

[알림 : 특성 '야성'이 반응하고 있습니다.]

저 노인네의 미친 소리에 분노의 감정이 부글부글 끓어오르고 있었던 것이다.

이것은 내 야성 특성의 에너지로 환원되었고…….

'덕분에 재규어의 권능을 완전한 상태로 사용할 수 있겠어.'

나의 레벨 업 성과까지 더해지며 '처형자 재규어의 발톱'은 풀 컨디션으로 사용할 수 있는 상태가 되었다.

그 권능은 즉시 개시되었다.

[안내 : 지금부터 권능 '처형자 재규어의 발톱'을 완전히 사용할 수 있습니다.]

[정보 : 손과 발에 닿는 모든 것을 베어가를 수 있습니다.]

스스스스스ー!

"뭐, 뭐야? 갑자기 엄청난 마력이?"

내 기세가 순식간에 증폭되자 심혁필은 당황한 얼굴로 중얼거렸다.

놈은 눈을 가늘게 뜨며 그 흐름을 읽으려 했다.

"아니, 평범한 마력이라기보다는 좀 더 거친 느낌인데……?"

나는 바로 그 순간 달려들었다.

"닥치고 지옥으로 꺼져!"

악마 같은 노인네가 비 맞은 땡중처럼 중얼대는 것을 기다려 줄 생각은 추호도 없었으니까.

가장 먼저 저 역겨운 주둥이부터 좌우로 찢어 버릴 생각이었다.

하지만 내가 놈을 향해 쇄도한 그 순간.

"……막아라. 그리고 죽여야 한다."

헌터들이 나를 막아섰다.

쾅!

놀랍게도 그녀들은 재규어의 발톱을 정면으로 받아 내고도 뒤로 밀려나갔을 뿐 허점을 드러내지 않았다.

'흐음, 아까 장유민보다 좀 더 강한 정도인가?'

심혁필이 기괴한 웃음을 터트렸다.

"크흐하하하! 그냥 둘 다 죽여 버려! 당장 다 죽여서 치워 버리라고!"

즉, 네 명의 특수팀을 둘씩 쪼개서 나와 장유민을 동시에 치려는 것이었다.

"수, 수현 님!"

선배들과 마주한 장유민은 사색이 된 상태였다.

신인류의 힘을 잘 아는 그녀로서는 승리할 가능성이 없는 것처럼 보이는 모양이었다.

하지만 나는 피식 웃었다.

"충분히 싸울 수 있어. 아까는 아니었지만 지금은 아마 할 만할 거야."

"예? 어째서요?"

"지금은 정상적인 상태가 아니니까."

특수팀의 여헌터들은 오크 치프가 이끄는 울프 라이더들과 싸우며 체력과 마력의 대부분을 소진한 상태였다.

그러니 충분히 찍어 누를 수 있는 상대라고 할 수 있었다.

"하, 하지만!"

장유민은 주춤주춤 물러나며 소리쳤다.

"그걸 확인하려면 일단 심혁필의 지배력이 약해져야 하는데요! 아까 저처럼요!"

"……그거라면 방법이 있지."

나는 준비하고 있던 권능을 즉시 전개했다.

어딘가를 향해 신호가 쏘아 보내진 그 순간.

"흐, 흐아악!"

날카로운 비명이 터져 나왔다.

"끄아아아아아아악!"

아들이 죽어 가는 것마저 내버려 둔 채 실실 웃음을 짓고 있던 심혁필이 미친 듯이 울부짖고 있었다.

치이이익…….

악마 같은 늙은이의 뺨 한복판이 염산을 부은 것처럼 녹아내리고 있었던 것이다.

놈은 나자빠진 채로 몸부림을 치면서 소리쳤다.

"뭐, 뭐야! 대체 뭐야! 이게에에엣!"

뭐긴 뭐야. 미리 심어 둔 흡혈뱀의 기생충이지.

내부에서 독소 폭발을 일으킨 흡혈뱀의 권능은 심혁필의 마력 체계에 타격을 주기에 충분했다.

그러니 놈이 사용하는 저 지배력에도 균열이 일어날 터.

"크으으윽!"

"……하으읏."

아니나 다를까, 나를 향한 여자들의 눈동자에 서서히 감정이 돌아오고 있었다.

절망, 고통, 두려움…… 인간의 증거들을 간신히 되찾은 헌터들이 떨리는 목소리로 입을 열었다.

"우, 우릴 도와줘."

"살려 주세요……!"

"제발 구해 줘!"

그녀들은 그렇게 말하면서도 나에게 가차 없이 칼날을 휘두르고 있었다.

하지만 나는 고개를 끄덕였다.

'살려 달라…….'

그 의지만큼은 충분히 확인했으니까.

꾹

"도, 도와줘!"

"살려 주세요!"

정신은 일부 되찾았지만, 육체의 통제권은 여전히 **빼앗긴** 상태의 여헌터들.

"아니, 차라리 날 죽여 줘!"

"전 죽고 싶지 않아요! 살려 줘요!"

그들은 말과 행동을 따로 하며 나와 장유민을 죽일 듯이 몰아붙이고 있었다.

솔직히 또 한 번 감탄했다.

'이미 체력도 거의 없을 텐데, 어떻게 이 정도로 칼을 휘두를 수 있는 거지?'

이것도 신인류의 버프인가?

'……나중에 알아봐야겠군.'

여자들의 공격을 흘려보내던 나는 서서히 본격적으로 움직이기 시작했다.

앞서 장유민에게 했던 것처럼…… 이 여자 역시 흠씬 두들겨 패서, '삶'에 대한 의지를 불러일으키는 것이었다.

'그러려면 이게 낫겠어.'

게이트에 들어오면서 심혁필의 낯짝을 박살 냈던 권능이 다시 발동되었다.

[권능 : '제거자 불곰의 주먹'.]

콰작!

'일단 한 명.'

겁 없이 달려드는 여자를 오른손 스트레이트 일격으로 날려 버린 뒤.

나는 지표면을 짓이기듯 밟으면서 몸을 비틀었다.

동시에 어깨를 웅크리며 왼쪽을 파고들었다.

'두 번째는 보디블로.'

쿠웅!

꽂히는 순간 제정신이 번쩍 들 수밖에 없는 묵직한 한 방.

충격으로 발밑이 살짝 떠오를 정도의 강펀치였다.

"으어억……!"

그렇게 두 번째 헌터는 옆구리를 움켜잡으며 쓰러졌다.

세 번째는 검의 궤적을 피하는 것과 함께 오른손 어퍼컷.

순식간에 세 사람을 눕힌 나는 빙긋 미소를 지었다.

'까다로울 뻔했는데, 상황이 잘 만들어졌어.'

난 딱 한 방씩 먹여 줬을 뿐이다.

그런데 세 사람은 그대로 전투 불능이 되고 말았다.

이것은 아까 오크들 덕분에 체력 상태가 바닥을 친 덕분이었다.

물론 그새 내 레벨이 조금 오른 영향도 있었고.

"……마지막."

나는 기세를 이어 네 번째 상대에게 돌진했다.

긴 머리의 여자.

나는 이번에도 주먹을 뻗어 펀치 콤비네이션을 시도하려 했다.

하지만.

[알림 : 적의 영향력이 강합니다. 움직임이 둔화됩니다.]

뜻밖에도 시스템 알림이 뜨면서 몸이 무거워지는 것이 느껴졌다.

'움직임 둔화?'

재빠르게 물러선 나는 눈가를 좁히며 생각했다.

'그렇다면 패기 특성을 가진 모양이네?'

그것도 꽤나 고레벨의 패기였다.

일전에 김자형이라는 그 허접한 놈보다 두세 단계는 높은 수준으로 느껴졌다.

"수현 님!"

등 뒤에서 장유민이 경고를 보냈다.

"이규란 선배는 5레벨 패기 보유자예요! 움직임이 묶이지 않게 조심하세요!"

……역시.

5레벨의 패기라면 최소 A등급 몬스터들만이 가진 특성이었다.

상대의 마법과 동작을 동시에 제약하는 까다로운 상대라는 의미였다.

'흐음, 싸움이 길어질 수도 있겠는데.'

상황을 직감한 나는 미리 움직였다.

[권능 : '음험한 개코원숭이의 밧줄'.]

휘리릭!

앞서 쓰러진 세 사람에게 튼튼한 밧줄들이 쏘아져 휘감겼다.

[정보 : 포박된 대상이 분노할수록 밧줄은 단단해집니다.]

'이런 상황에서는 개코원숭이의 밧줄만 한 게 없지.'

기껏 제압했는데 다시 덤벼들면 곤란하니 미리미리 조치를 취해 둔 것이었다.

"……수현 님? 갑자기 왜 묶어요?"

나는 장유민을 무시하며 마지막 헌터에게 달려들었다.

서둘러야 한다.

"크아악! 죽여 버리겠다!"

저 늙은이의 마력 체계가 회복되기 전에 이 상황을 끝내야 했으니까.

'이규란이라고 했지?'

나는 그녀를 무력화시켜서 묶고, 네 사람에게 하이에나의 권능을 한꺼번에 사용해서 정신 구속을 파훼할 생각이었다.

하지만 잠시 뒤.

'이거, 아무래도 힘들 것 같은데? 죽어야겠어.'

나는 이규란을 죽여야 한다는 결론에 도달하고 말았다.

힘이 제법 빠진 상태임에도 불구하고.

그 여자는 내가 제압할 수 없을 정도로 강한 헌터였던 것이다.

이규란은 장유민의 외침을 듣고 있었다.

"선배! 살고 싶다면서요! 정신 좀 차려 봐요! 심혁필의 힘을 밀어내라고요!"

⋯⋯이미 그렇게 하고 있었다.

그녀 또한 이를 악물고 육체의 주도권을 되찾기 위해 애쓰는 중이었다.

하지만 마음대로 되지 않았다.

다른 팀원들보다 조금 더 강하다는 것이 문제였다.

세 사람은 최원호의 일격에 정신을 잃고 쓰러졌지만⋯⋯.

한 단계 더 높은 경지를 가진 이규란만큼은 그와 합을 겨

루며 버티고 있었던 것이다.

"어쩔 수 없네."

최원호의 눈빛이 낮게 가라앉았다.

"……그쪽은 죽어야겠어."

설령 '배신자 하이에나의 그림자'를 밀어 넣을 수 있다 하더라도…….

먼저 살아 있음에 대한 감각이 일어나지 않는다면 아무런 소용이 없었다.

더구나 이규란은 미친 살인귀처럼 최원호에게 달려들고 있는 상황이었다.

이런 사람을 상대로 섬세한 정신 조작술을 펼치는 것은 에너지를 낭비하는 일밖에 되지 않았다.

'그래서 스스로 정신적인 고양을 일으켜 지배력을 풀어내는 것을 기대했던 건데.'

안타깝게도 무리였던 모양이다.

"그쪽을 살리려다가 나머지를 다 죽일 순 없으니까."

이규란을 포기하기로 결정한 최원호는 권능을 교체했다.

[알림 : 특성 '야성'이 반응하고 있습니다.]

[권능 : '처형자 재규어의 발톱'.]

[안내 : 경지를 갖추어 권능을 온전히 사용할 수 있게 되었습니다!]

드디어 완벽한 수준으로 전개된 재규어의 발톱. 이것으로 여자의 목을 베는 것은 그리 어려운 일이 아니었다.

"아, 안 돼! 안 돼요!"

최원호로부터 살기를 느낀 장유민이 절규했다.

"제발! 조금만 더! 30초만 더 해 주세요! 부탁이에요!"

그녀는 기회를 더 달라며 간절하게 소리쳤지만 최원호는 고개를 저었다.

더 이상 바뀔 것이 없음을 알고 있었으니까.

"그래! 나, 날 죽여 줘! 죽이라고!"

더는 시간이 없다는 사실을 알고 있는 듯 절규하며 달려드는 이규란.

"유감이야."

상체를 비틀며 그녀의 칼날을 흘려보낸 최원호는 손끝을 날카롭게 세웠다.

그리고 이규란의 목을 직선으로 그었다.

서걱.

더운 피가 확 쏟아지면서 사방으로 튀었다.

모두가 얼어붙을 수밖에 없었다.

"규, 규란 선배……!"

지독한 피비린내를 풍기는 붉은 자국이 느릿하게 번져 나갔다.

생의 마지막이자 죽음의 시작을 알리는 증거였다.

그런데 그 순간, 그것은 놀라운 기적을 일으켰다.

"안 돼애애애앳!"

"죽지 말아요! 규란 선배! 제발!"

"포, 포션! 장유민! 선배한테 회복 포션 부어! 어서어어어!"

콰드득!

밧줄이 찢기는 소리였다.

단숨에 제압되어 포박까지 당한 세 여자가 개코원숭이의 권능을 이겨 내며 몸을 일으키고 있었던 것이다.

'분노에 비례해서 강해지는 포박인데?'

잠시 멈칫했던 최원호는 뭔가를 깨닫고 눈을 가늘게 떴다.

'비정상적인 분노가 없는데? 뭐지? 설마 피의 지배를 직접 깨 버린 거야?'

그랬다.

이규란이 쓰러진 그 순간, 강력한 감정 동요를 일으킨 세 사람은 스스로 심혁필의 스킬을 박살 내고 자유를 되찾은 것이었다.

그 증거는 또 하나 있었다.

최원호의 눈앞에 떠오른 시스템 메시지들.

[알림 : '거신의 조각'이 정체불명의 에너지를 흡수했습니다.]

[보상 : '알 수 없는 스탯'이 4만큼 올랐습니다!]

'또 거신의 조각이 에너지를 흡수했다?'

앞서 장유민의 경우와 마찬가지인 상황.

여전히 이유를 짐작할 수 없는 현상이었다.

하지만 안타깝게도 최원호가 이 문제에 대해 깊게 생각할 시간은 없었다.

"선배! 선배애애애!"

"백수현……!"

"이 개자식! 내가 죽여 버릴 거야!"

"……."

여자들이 뒤늦은 분노를 토해 내며 최원호에게 다가오고 있었기 때문이다.

그것은 심혁필이 명령한 것이 아니라, 본인들의 의지로 이빨을 드러낸 것이었다.

최원호는 고개를 갸웃거리며 중얼거렸다.

"이거 상황이 참 이상하게 흘러가네."

하지만 할 만큼은 했다.

도와 달라는 요청에는 최선을 다했다.

그러니 다른 미련은 없었다.

"당신들 감정은 이해하겠는데."

최원호는 한숨을 내쉬며 해청을 뽑았다.

"제대로 생각해야지. 너희가 먼저 날 죽이려고 했잖아?"

"……!"

"그래도 죽고 싶으면 덤벼 봐. 남김없이 죽여 줄게."

남자가 무덤덤하게 대꾸하자 여자들의 얼굴이 흠칫 굳었다.

자신들이 먼저 백수현을 죽이려고 했던 것은 부인할 수 없는 사실이었으니까.

그리고 그녀들의 표정은 다시 한번 뒤집힐 수밖에 없었다.

"근데 그 여자, 아직 살아 있을 텐데?"

최원호가 이규란을 향해 턱짓을 하며 중얼거린 것이다.

"마지막 순간에 몸을 비틀었어. 치명상은 피했을걸."

그 말에 최원호의 뒤편에 서 있던 장유민마저 달려갔다.

"서, 선배? 선배!"

"살아 있어요? 숨 쉬어?"

"어, 어! 숨 쉰다! 아직 살아 있다고!"

"멍청이들아! 가만있지 말고 포션 가져와!"

이규란이 살아 있다는 것을 안 여자들이 순식간에 시끌시끌해졌다.

그리고 그녀들은 번개처럼 움직였다.

"임시 지혈은 됐어요!"

"윤미! 수진! 당장 선배 데리고 게이트 밖으로 나가! 게이트 통제관에게 응급 치료 키트 빌려서 사용해! 알겠어?"

"네!"

"가요!"

앞서 아들이 죽어 가도 까딱조차 하지 않았던 누구와는 달랐다.

이규란을 짊어진 두 명의 헌터가 일말의 망설임도 없이 게이트 출구를 향해 달리기 시작했다.

그러자 노인이 비명을 내질렀다.

"아, 안 돼! 안 돼애애애! 내 권속들이!"

하지만 여자들은 뒤도 돌아보지 않았다.

그 모습에 최원호는 내심 감탄했다.

'당장 심혁필을 죽이고 싶어서 달려들어도 모자랄 판인데, 미련 없이 달리네.'

그녀들은 그저 이규란을 살리겠다는 일념으로 달려 나가고 있었던 것이다.

"승아 선배, 괜찮아요?"

"쿨럭! 쿨럭! 젠장. 아까 저 남자한테 너무 세게 맞았어. 그러는 넌 어때? 괜찮니?"

남은 두 사람 역시 서로를 챙겨 주는 모습.

저들은 뭐가 더 중요한지 정확하게 판단하고 있었다.

심혁필과는 달라도 너무 다른 모습에 최원호의 머릿속이 복잡해졌다.

'혹시 신인류가 전수한 뉴타입 특성이 인간성을 훼손시키기라도 하나?'

잠시 고민하던 그는 이내 고개를 저으며 상념을 털어 냈다.

어차피 지금 고민할 일은 아니었으니까.

이제 마무리를 지을 때였다.

"아, 아아아악! 안 돼앳!"

노인이 비명을 질러 대고 있었다.

파스스스……

장유민에 대한 통제권을 잃었던 그때처럼, 심혁필의 손가락에서 모든 반지가 바스러지고 있었다.

"이, 이럴 수가."

결국 모든 권속을 잃어버린 그는 손을 덜덜 떨며 절망에 빠질 수밖에 없었다.

그건 노인에게 자신의 전부를 잃어버린 것이나 다름없었다.

"심혁필."

최원호는 모든 사건의 원흉을 향해 다가서며 입을 열었다.

"이제 손목이 왜 박살 났는지 기억나나? 슬슬 떠오를 때가 됐는데?"

"……!"

그의 말에 심혁필의 눈동자가 크게 흔들렸다.

앞서 최원호가 심어 두었던 흡혈뱀의 기생충이 기능을 다하고 사라진 지금.

'마, 맞아! 게이트 현기증 때문에 넘어진 게 아니었어!'

노인은 머릿속에서 사라졌던 기억을 비로소 떠올릴 수 있었다.

"너였구나! 네놈이었어!"

"맞아. 나였지."

"이 빌어먹을 놈이! 그래! 그랬던 거였어! 처음부터 날 죽이려고 한 거야! 이 시건방진 놈이 감히 내가 누군 줄 알고!"

하지만 최원호는 피식 웃었다.

"당신이 누구든 그게 무슨 상관이야? 헛짓거리를 했으니까 마땅한 벌을 받는 건데."

그러자 심혁필은 모든 마력을 짜내며 소리쳤다.

"헛짓거리? 감히 헛짓거리라고! 넌 아무것도 모른다! 너는 우리 신인류와 신세계에 대해서! 단 하나도 알지 못해!"

바로 그 순간, 엄청난 충격파가 몰아닥쳤다.

"……!"

콰콰콰콰콰ㅡ!

심혁필로부터 힘이 터져 나오며 막대한 마력의 폭풍을 빚어냈다.

괴력은 성난 괴수처럼 몸부림치며 헌터들을 휘감았다.

"엄마아아앗!"

지형이 흔들리고 쓸려 나갈 만큼 강력한 폭풍에 장유민이 균형을 잃고 튕겨져 나가며 비명을 내질렀다.

'이건?'

재빠르게 자세를 낮추며 폭풍을 버텨 낸 최원호는 눈을 가늘게 뜨고 있었다.

짚이는 것이 있었으니까.

'이 마력도 전혀 냄새가 나지 않아.'

그렇다는 말은?

"신인류의 마력이야."

옆구리를 감싸 쥔 여헌터가 중얼거렸다.

특수팀의 차석 도승아.

그녀는 지금의 상황을 정확하게 파악했다.

"지금까지 모아 둔 신인류의 힘을 전부 터트리려는 거라고!"

……역시.

"크하하하하하!"

몰아치는 마력의 폭풍 속에서 심혁필이 기괴한 웃음을 터트렸다.

"백수현! 네놈이 뭔지는 모르겠지만 넌 오늘 이곳에서 죽을 것이다! 내가 기필코 여기를 네놈의 무덤으로 만들어 주마!"

하지만 다음 순간.

"하아, 뭐가 어떻게 되는 건지 모르겠네."

"……?"

의미를 알 수 없는 '백수현'의 한숨과 함께 돌아온 대답.

그것은 노인에게 너무나 충격적인 것이었다.

슈슈슈슈슈-!

힘이 회오리치며 빨려들어 가고 있었다.

마치 물이 가득 찬 욕조의 마개를 뽑은 것처럼.

"이래도 되는지도 모르겠고."

가볍게 손바닥을 들어 올린 최원호에게로 '신인류'의 마력이 모조리 흡수되고 있었던 것이다.

  "이, 이게 대체……?"

  혼란과 경악에 빠진 노인은 전혀 알지 못했다.

  자신의 손끝이 서서히 흩어지고 있다는 것.

  그리고 지금까지 쌓아 온 모든 힘이 최원호에게 헌납되고 있다는 것을…….

  "도대체 어떻게 된 일이야아앗!"

  모든 것을 조금도 알지 못한 채, 심혁필은 죽음을 향해 걸어 들어가고 있었다.

흑막이 된 뉴비

털썩.

심혁필은 모든 힘을 잃고 주저앉았다.

그리고 비로소 깨달았다.

"소, 손이······!"

자신의 육체가 마치 바짝 마른 미라가 바스러지듯 흩어지고 있음을 알아차린 것이었다.

하지만 너무 늦은 깨달음이었다.

"그어어억!"

갑작스러운 갈증.

타들어가는 듯한 목마름에 노인은 목을 움켜쥐며 앞으로 고꾸라지고 말았다.

"무, 물을! 어서 물 좀……!"

심혁필은 눈앞에 보이는 남녀를 향해 미친 듯이 버둥거리며 손을 뻗었다.

'딱 한 모금만!'

목구멍 안에 펄펄 끓는 모래를 가득 부은 듯한 느낌이었다.

이 갈증을 달랠 수만 있다면 지옥이라도 갈 수 있을 것 같았다.

바로 그 순간.

"심혁필, 마실 게 필요해?"

도승아가 앞으로 나서며 입을 열었다.

그녀의 눈동자는 서늘하게 빛나고 있었지만, 노인은 정신없이 고개를 끄덕였다.

"제, 제발……!"

딱 한 모금이라도!

그러나 여자는 대뜸 검을 뽑았다.

"그럼 당신도 우리가 마셨던 것을 마셔야지."

"……?"

갈증으로 미쳐 가던 눈동자에 짧은 의문이 떠오른 그 순간.

여자는 순식간에 검을 내질러 노인의 가슴 한복판을 깊게 찔렀다.

"크아악!"

한 번이 아니었다.

콰직. 콰직. 콰직!

마치 땅바닥에 쇠말뚝을 박아 넣듯 연거푸 찍어 누르며 심혁필의 상체를 난도질한 것이었다.

"허어억……!"

노인은 고통과 출혈로 죽어 가기 시작했다.

하지만 도승아는 그런 심혁필을 향해 아직 끝나지 않았다는 듯 차갑게 웃었다.

"쓰고 비리겠지만 참아. 우린 그랬으니까."

그녀는 붉은 피가 펄펄 쏟아지는 가슴의 상처를 향해 손을 집어넣었다.

그리고 손에 잡히는 것을 사정없이 뜯어냈다.

우드득!

부서진 갈비뼈들이 어긋나는 것과 함께 끌려 나온 것은 바로 심장.

"자, 마셔. 마음껏."

"끄허어억……."

생명의 빛이 사라져 가는 노인의 눈동자로 핏물이 비처럼 떨어졌다.

"마셔! 마시라고! 당신도 우리에게 피를 마시게 했잖아!"

숨이 끊어진 노인을 향해 심장을 쥐어짜고 있는 도승아는 이미 피투성이였다.

그녀는 이미 분노와 슬픔으로 미쳐 버린 듯 보였다.

"나쁜 새끼! 이 쓰레기만도 못한 새끼야!"

붉은 심장을 던져 버린 그녀는 심혁필의 시체에 마구 발길질을 하며 욕설을 쏟아 냈다.

그러나 울분은 풀리지 않았다.

그럴수록 더더욱 지난 세월이 떠오르고 있었다.

"서, 선배…… 이제 그만해요."

폭풍에 의해 나가떨어졌던 장유민이 그녀의 어깨를 가만히 붙잡았다.

"끄흐흑!"

두 여자 사이에서 울음이 터져 나왔다.

그것은 노예로서 보낸 시간을 스스로 애도하는 긴 절규였다.

'무섭네…….'

나는 도승아로부터 살짝 거리를 벌리며 물러섰다.

심혁필의 심장을 터트리며 소리를 질러 대는 여자의 모습은 나에게도 섬뜩하게 느껴질 정도였다.

하지만 한편으론 충분히 이해가 가는 일이었다.

'그동안 심혁필을 죽이고 싶을 만큼 증오스러웠겠지. 저정도는 당연한 거야.'

다섯 사람은 신인류의 권속이 되어 '뉴타입'이라는 새 특성을 얻고 엄청난 상승을 겪긴 했지만, 그건 그들이 원한 것이 아니었다.

아무리 큰 힘을 손에 넣을 수 있더라도 자신을 버려야 한다면 모두 무의미한 일이었다.

이윽고 울음소리가 잦아들었다.

그리고 다음 순간.

"⋯⋯백수현 씨라고 했던가요?"

눈물을 닦아 낸 도승아의 눈동자가 나에게 돌아왔다.

"우선 감사하다고 해야겠네요. 덕분에 저희가 자유를 되찾았으니까요. 감사합니다."

그녀는 정중한 태도로 나에게 고개를 숙여보였다.

하지만 나는 말없이 턱을 긁적이고 있었다.

"음⋯⋯."

다음에 나올 이야기가 문제였으니까.

그리고 역시나.

"저, 백수현 씨."

고개를 든 도승아는 나에게 의문과 두려움이 섞인 시선을 보내고 있었다.

"아까 그건 뭐였죠?"

"뭐가 뭐지?"

나는 모르는 척을 한번 해 봤지만.

"아까 당신이 심혁필의 힘을 흡수한 것 아닌가요?"

"……."

"못 본 척하기에는 너무 가까웠죠."

도승아는 마른침을 꿀꺽 삼키며 입술을 깨물었다.

긴장한 주먹에 힘이 들어가는 것이 보인다.

"선배? 사실 이분은 게이트 테러……."

"넌 끼어들지 마."

장유민의 개입을 저지한 도승아가 나에게 질문했다.

"당신은 누구죠? 신인류와는 어떤 관계인 거죠?"

"……."

나는 깊은 고민에 빠졌다.

지금의 이 상황은 내가 전혀 예상하지 못했던 것이었다.

[알림 : '거신의 조각'이 정체불명의 에너지를 흡수했습니다.]

[보상 : '알 수 없는 스탯'이 5만큼 올랐습니다!]

거신의 조각이 어째서 에너지를 흡수하고 있는 건지.

또 에너지의 정체는 무엇인지…….

'젠장, 나도 하나도 모른다고.'

신인류란 놈들이 만든 힘이니까, 그 괴집단을 추적하면 뭔가 알아낼 수 있을 것 같기도 했지만.

아직은 이렇다 할 단서를 얻지 못한 상태였다.

"……."

이런 상황에서 내가 누구이며 또 신인류와 무슨 관계가 있다고 설명하는 것은 불가능한 일이었다.

'오히려 이제부터 알아봐야 하는 문제지.'

그렇기에 나는 대답을 보류하고 보름달 여우의 권능을 전개했다.

'우선 이 여자가 나에 대해 뭐라고 생각하고 있는지 봐야겠다.'

그리고 나에게 전해진 도승아의 생각은 이러했다.

─어쩌면 신인류가 보낸 간부일지도 몰라.

─차라리 몰랐으면 좋았을 텐데…….

─아무것도 보지 못하는 게 나았을 텐데.

뜻밖에도 도승아는 두려워하고 있었다.

내가 신인류의 힘을 흡수했다는 사실을 아예 몰랐더라면 하고 생각하고 있었던 것이다.

그런데도 나한테 정체가 뭐냐고 덤비다니.

'제법 강단이 있는 사람이네.'

어쩌면 특수팀은 상당히 괜찮은 인재들을 추려서 만든 팀일지도 모르겠다.

그렇다면…….

'이렇게 하자.'

짧은 고민 끝에 나는 결정을 내렸다.

도승아의 생각은 옳았다.

'아무것도 못 본 게 낫다면……'

그렇다면 내가 그렇게 만들어 주면 될 일이었다.

여기서 한 가지 더.

'지금 이 여자들을 내 편으로 포섭해 둬야겠어.'

이들과 신뢰 관계를 만들어 둔다면 신인류를 추적하는 것은 물론이고, 앞으로 할 수 있는 일이 훨씬 더 많아질 수 있었다.

당장 내 개인 클랜을 만드는 작업에도 도움이 될 터.

그러니 나는 이 기회를 최대한 활용할 생각이었다.

"사실……."

난 대답을 하듯 짐짓 느릿하게 입을 여는 것과 함께 권능을 전개했다.

[권능 : '배신자 하이에나의 그림자'.]

수인 헌터들에게 '악마의 권능'이라고 불렸던 권능.

하이에나의 그림자는 심혁필이 사용했던 지배 스킬의 완성형이자 상위 호환이라고 할 수 있는 힘이었다.

[안내 : 현재 경지가 매우 부족하여 권능의 일부만 사용할 수 있

습니다.]

그만큼 엄청난 에너지를 퍼먹는 권능이었지만 나는 크게 걱정하지 않았다.

성공할 수 있다.

'어차피 딱 한 군데만 건드릴 거니까.'

다행스럽게도 그 부분은 도승아 역시 잊고 싶어 하는 대목이기도 했다.

그러니 침투는 아주 수월하게 이루어졌다.

츠츠츠츠…….

여자들이 나를 바라보는 틈을 타서 아래로 뻗어 나간 그림자가 도승아의 발목을 휘감았다.

때마침 체력과 마력 모두 바닥을 드러낸 상황.

하이에나의 권능은 더더욱 강력한 위력을 발휘할 수 있었으니.

'됐다.'

퓨리 에너지와 마력이 모조리 소모되긴 했지만, 권능은 확실하게 작동했다.

……그녀는 내가 폭풍을 흡수한 장면 자체를 잊었다.

"무슨 소리야? 흡수라니?"

그림자를 거두는 것과 함께 나는 천연덕스럽게 도승아에게 대꾸했다.

"그쪽이 잘못 본 거야. 난 심혁필의 마력을 흡수하지 않았어. 그냥 흩어 버린 거지. 내가 진공청소기도 아니고 마력을 어떻게 빨아먹겠어?"

"……네?"

도승아는 멍하니 눈을 깜빡이고 있었다. 아마 기억의 일부를 잃어버린 부작용으로 잠시 혼란이 찾아왔을 터.

"난 그냥 게이트를 반대하는 이들을 대표해서 여기 왔을 뿐. 신인류는 오히려 내 적이라고 할 수 있지."

나는 게이트 테러리스트를 가장한 나는 태연하게 말을 이었다.

"만약 의심된다면 그쪽 후배한테 물어봐. 아까 나랑 같이 움직이면서 다 봤으니까."

나는 장유민에게 눈짓했다.

"무슨 말인지 알지? 그쪽이 설명해."

"아, 네! 그럴게요!"

"너무 깊게 알려고 하진 말고. 아무리 사상이 비슷하더라도 외부인에게는 알릴 수 없는 것도 있으니까. 무슨 말인지 이해할 거라고 생각해."

"넵! 그럼요!"

도승아는 여전히 멍한 표정이었고 장유민은 첩보 영화의 주인공이라도 된 것처럼 신이 난 얼굴이었다.

'얘라도 단순해서 다행이다.'

뭐, 내가 게이트 산업에 반대하는 건 사실이니까 아주 틀린 말은 아니었다. 이로써 나는 완벽하게 게이트 테러리스트 행세를 하게 된 상황. 설득과 포섭 역시 지금이 적기였다.

"……그보다 내가 당신들에게 제안하고 싶은 게 있어."

나는 목소리를 낮추며 두 여자를 향해 새로운 이야기를 시작했다.

"제안? 무슨 제안이죠?"

비로소 조금씩 눈빛이 되돌아오는 도승아.

심혁필에게 크게 당한 입장이었으니 절대 속지 않겠다고 다짐하는 눈빛이기도 했다.

하지만 이건 그녀들이 솔깃할 수밖에 없는 제안이었다.

"내가 신인류를 추적하는 걸 도와줘. 위험할 수도 있겠지만 당신들은 더 큰 복수를 할 수 있을 거야."

"복수라뇨? 무슨……."

"잘 생각해 봐. 심혁필은 몸통이 아냐. 그냥 끄나풀이지. 진짜 당신들을 가지고 논 놈들은 '신인류'라며?"

"……."

"그리고 당신들 말고도 더 있을 거야. 원하지 않게 신인류의 권속이 되어 착취당하고 있는 사람들이."

"……!"

그러자 도승아와 장유민의 눈동자에서 불이 튀었다.

나는 그 순간을 노려 힘주어 말했다.

"날 도와. 신인류를 추적하고 무너뜨릴 수 있도록."

그러자 말없이 시선을 교환하는 두 사람.

잠시 침묵이 흐르고, 여자들은 나에게 고개를 끄덕였다.

"그 일이라면 우리도 돕고 싶어요."

"하지만 그게 게이트 테러리스트가 된다는 뜻은 아니에요. 차원통제청에 추적당하고 싶진 않으니까요."

나는 피식 웃었다.

"그럴 일은 없을 거야."

어차피 난 진짜 게이트 테러리스트도 아니니까.

'이제 남은 건 이 게이트의 뒤처리인데.'

그건 미리 생각해 둔 게 있었다.

"자, 그럼 작전 회의를 해 보자고."

나는 그녀들을 불러 모아 이야기를 시작했다.

흑막이 된 나의 첫 번째 활동이었다.

　

붉은 석양이 인천 앞바다 먼 곳에서 느리게 가라앉고 있었다.

"게이트 수색 결과, 이상 없습니다."

"미니 보스는 확실하게 제거된 것으로 파악됩니다."

게이트 근처는 차원관리청의 조사원들과 구조요원들이 들

락날락하느라 몹시 어수선한 상황.

하지만 나는 혼자 조용히 웃고 있었다.

게이트에서 얻은 성과들 때문이었다.

[알림 : 미니 보스 '다혈질 오크 치프'를 처치했습니다.]

[보상 : 미니 보스를 처치한 보상으로 '상당한 경험치'를 획득했습니다.]

[보상 : 특별한 방법을 이용하여 처치했으므로 보상에 보너스가 주어집니다.]

[알림 : 칭호 '막타의 장인'이 복구됩니다!]

[알림 : 레벨이 올랐습니다!]

[알림 : 레벨이 올랐습니다!]

마지막에 끼어들어 치프 라이더를 사냥하면서 보너스까지 받은 결과, 나는 레벨 14가 되었다.

게다가 '막타의 장인'까지.

민첩 스탯을 3이나 올려 주는 아주 쏠쏠한 칭호였다.

'이 칭호를 먹었을 때 케이샤와 싸울 뻔했지.'

왜 그렇게까지 마지막 공격에 집착하느냐는 추궁에 그냥 인간의 본능이라고 답할 수밖에 없었다.

어쨌거나 이번에 나는 체력 스탯에 2점을 투자했다.

〈스테이터스〉

[최원호]

레벨 : 296(-282) → 14

칭호 : 막타의 장인(민첩 +3), 역병 군주의 참살자(근력 +1, 체력 +1), 노력파 장인(지력 +2, 의념 +2)…….

[전투력 평가]

근력 : 15+4

민첩 : 14+7

체력 : 12+1

지력 : 19+2

의념 : 17+3

마력 : 19+1

남은 포인트 : 0

'이제 체력이 모자라네.'

지금까지는 몸으로 버틸 일이 거의 없었지만, 이제 슬슬 필요한 순간이 생길 듯했다.

'조만간 아티팩트를 얻어서 체력 스탯을 보강해야겠어.'

보상은 여기서 끝이 아니었다.

[알림 : 모든 숲을 파괴하여 은폐한 적을 완벽하게 몰아내는 것

에 성공했습니다!]

　[보상 : 숨겨진 미션을 완수한 보상으로 '전체 등급 아티팩트 추첨권'을 획득했습니다! 지금 즉시 사용할 수 있습니다.]

　이번에도 아티팩트를 뽑을 수 있는 추첨권을 받아 낸 것이다.

　나는 즉시 사용했다.

　[보상 : E등급 아티팩트 '무색의 단검'을 획득했습니다! 축하합니다!]

　……무색의 단검?

　'이런 아이템도 있었던가?'

　E등급의 아티팩트라면 나중에 대장간으로 가져가는 게 가장 좋은 선택이었다.

　나는 단검을 아공간에 넣어 두고 스마트폰을 꺼냈다.

　'슬슬 올라올 때가 됐지?'

　내가 확인하려는 것은 인터넷 뉴스였다.

　[영웅일보] 〈속보〉 전 SR급 랭커, 심혁필 타계, '고귀한 희생' 애도.

　바로 이 게이트에 상주하고 있던 게이트 전문 기자의 보도 기사.

그 내용은 심플했다.

〈블랙핑거 클랜의 마스터 심혁필이 그의 아들인 심재진과 함께 게이트 안에서 산화했다.

미처 정리되지 못한 오크 잔당을 처리하려다가 어그로 관리에 실패하며 일제 공격을 당한 것이 원인으로 추정된다.

심혁필은 타의 귀감이 될 만한 헌터이자 클랜 마스터였고, 대한민국 게이트 헌터들은 영원히 그를 기억할 것이다……〉

즉, 처음부터 끝까지 날조된 내용.

정확하게 내가 의도한 대로였다.

'이렇게 해 두면 그 신인류라는 놈들의 눈도 속일 수 있고.'

불필요한 시선이 모아지는 것까지 피할 수 있었다.

"……오빠, 게이트 안에서 무슨 일이 있었던 거야?"

슬쩍 다가온 신우가 눈썹을 씰룩거리며 물었다.

"특수팀 사람들이 뭔가 엄청 달라졌어. 원래 간부들한테 되게 고분고분한 사람들이었는데……."

지금은 180도 달라져 있었다.

그들은 상급자인 고미정에게 폭탄선언을 하는 중이었다.

"고미정 팀장님, 마스터의 업무 대행은 저희 특수팀에서 맡을 겁니다. 그러니까 물러나 주시죠."

무주공산이 된 클랜의 지휘권을 가져가겠다고 선포한 것
이었다.

　"뭐, 뭐? 그게 무슨 헛소리야? 1팀장인 내가 있는데 왜 너
희가 마스터 대행을 한다는 거얏!"

　당연히 그것을 받아들일 수 없는 고미정은 격렬한 분노를
토해 내며 저항하고 있었다.

　이 또한 내가 의도한 상황이었다.

　사실 당연한 일이기도 했다.

　'일단 고미정은 클랜 마스터로서 전혀 자격이 없는 사람이
니까.'

　그리고 나는 그녀에 대해 의심을 가지고 있었다.

　'죽은 심혁필에게서는 알아낼 것이 없는 상황이야. 하지만
만약 이 여자도 신인류와 관련이 있다면?'

　……신인류의 꼬리를 잡아 낼 수 있을지도 모른다.

　나는 그런 생각으로 고미정을 찍어 누르기로 결정했고, 여
자는 눈알 뒤집혀서 반발하고 있었다.

　"개소리 하지 말란 말이야!"

　심혁필은 블랙핑거 클랜을 이용해서 신인류와 접점을 만
들고 권속들을 늘려 나갔다.

그러니 블랙핑거는 신인류의 하위 조직과도 같은 단체였다.

그런데 더 이상 블랙핑거를 장악하지 못하게 된다면?

신인류는 과연 어떻게 움직일까?

확실한 것은 없다.

'하지만 고미정까지 신인류와 관련이 있다면 반응이 있을 거야.'

나는 머릿속으로 생각을 굴리며 상황을 주시했다.

여자들은 맹렬한 기세로 논쟁을 벌이고 있었다.

"어디서 개소리야! 마스터와 세컨드 헌터가 동시에 공석이 되면 당연히 선임 팀장이 마스터를 맡는 거지! 감히 일개 팀원 주제에……!"

고미정은 눈을 부릅뜨며 소리쳤다.

어찌나 흥분했는지 그녀의 주위로 마력이 휘몰아치며 돌풍이 일어날 정도였다.

"저, 저기 고 팀장님? 너무 흥분하지 마시고……!"

현장을 수습하기 위해 나온 공무원들마저 당황해서 중재에 나섰다.

하지만 도승아는 더더욱 강경하게 나섰다.

"레이드 클랜들의 공동 규칙 7조, 지휘부에 심각한 문제가 있다고 판단되는 경우, 전투원들이 투쟁을 신청하여 지휘권을 점할 수 있음. 아실 텐데요?"

……무능력한 지휘관에 대한 불신임 규칙.

그것이 내가 도승아에게 알려 준 필승 전략이었다.

실력이 있는 헌터만이 레이드를 이끌 수 있다는 점을 지적한 것이다.

도승아는 고미정을 사정없이 몰아붙였다.

"고 팀장님이 저희 중 한 사람이라도 꺾을 수 있나요? 클랜 마스터든 세컨드 헌터든 넘볼 수 있는 수준이 아니라고 알고 있습니다만?"

갑자기 팩트로 얻어맞은 고미정은 얼굴을 시뻘겋게 붉혔다.

"가, 감히 그딴 소릴! 잊었나 본데 우린 스캐빈저야! 전투보다 채굴이 중요하지! 그리고 그 규칙도 게이트 안에서만 적용되는 규칙인 것, 내가 모를 줄 알아?"

하지만 도승아는 피식 웃었다.

"스캐빈저이기 이전에 헌터들이죠. 그 말은 게이트에 들어가지 않으면 아무런 의미가 없는 사람들이란 거고."

"……!"

"정 불만이면 게이트 안으로 들어가서 이야기할까요? 그럼 되겠네요."

게이트 안으로 들어가 보자.

그것으로 언쟁의 판도는 확실하게 기울어졌다.

"이, 이것들이 정말 말끝마다 따박따박……!"

"마스터 대행은 이규란 선배가, 세컨드 헌터 대행은 저, 도승아가 맡을 겁니다. 지휘권에 이의가 있으면 대련을 통해 장유민부터 이기고 오십시오.”

이번에는 ‘꼬우면 우릴 이겨 보든지’였다.

그 말에는 고미정조차 말문이 막히고 말았다.

애초에 헌터답게 실력으로 서열을 정하자는 이야기는 일선에서 물러난 헌터로서 극복하기가 쉽지 않은 논리였다.

“이, 이 미친년들이……!”

결국 막말이 나오고 말았다.

“N등급 주제에 감히 누구한테! 그렇게 지휘권이 탐나면 R등급으로 올라온 다음에 떠들란 말이야!”

하지만 도승아는 휘둘리지 않고 깔끔하게 막타를 쳤다.

“반말하지 마. 고미정, 당신 같은 퇴물은 그럴 권리가 없으니까. 마스터 권한으로 R3급 재심사 신청해 줄까? 탈락하면 얼굴 들고 다니기 힘들 텐데?”

“……!”

“당신은 여기서 퇴근해. 이 상황에서 채굴 담당자는 아무런 역할이 없으니까.”

“…….”

결국 완전히 할 말을 잃은 고미정.

“지갑 속에 있는 R등급 라이선스가 아깝네.”

그렇게 승리를 거둔 도승아는 상대에게서 등을 돌려 특수팀 헌터들에게로 돌아갔다.

그리고 나와 짧게 눈이 마주친 순간, 나는 희미한 미소를 지으며 고개를 끄덕여 주었다.

'좋아. 일러 준 대로 잘했어.'

장유민이 걸쭉한 욕설의 대가였다면, 도승아는 얼음으로 만든 칼날처럼 차가우면서도 날카로운 여자였다.

저런 애들은 멘털이 튼튼해서 정신 조작도 쉽지 않은데.

역시 아깐 운이 좋았다.

그 덕분에 하이에나의 그림자가 어디까지 작동하는지도 정확하게 알게 된 셈.

"아악! 이 개 같은 년들! 내가 절대 가만두지 않을 거야!"

결국 도승아에게 말발로 패배한 고미정은 얼굴이 벌겋게 되어 나와 신우 쪽으로 다가왔다.

그러더니 대뜸 신우에게 고함을 지르는 것이었다.

"야! 넌 뭐 하고 있어! 지금 긴급 상황이잖아! 어서 일어나! 당장 클랜 하우스로 갈 거니까!"

얼토당토 않는 패악질이었다.

이미 상황은 다 끝나고 수습 중이었으니 긴급할 것은 하나도 없었으니까.

하지만 나는 그것까지 계산에 넣어 두었다.

"하아아……."

아직 아무것도 모르는 신우가 작게 한숨을 내쉬며 몸을 일으킨 순간.

"아뇨, 한채미 헌터는 남아 주세요. 따로 맡길 일이 있습니다. 고미정 씨만 퇴근하고."

도승아의 목소리가 고미정을 또다시 가로막은 것이다.

그러자 고미정은 감전된 것처럼 발작을 일으켰다.

"이건 월권이야! 최신우는 내 부관이라고!"

하지만 세컨드 헌터는 그녀를 상대도 해 주지 않았다.

"한채미 헌터는 현 시간부로 공략1팀으로 배속합니다. 방금 인사팀장이랑 통화했으니까 절차의 문제는 없습니다. 괜찮으시죠?"

지금까지 블랙핑거 클랜에는 공략팀이 없었다.

이 역시 내가 만들라고 지시한 것.

"고, 공략팀……?"

당황한 신우는 눈동자를 데구르르 굴려서 나를 바라보았다.

건방진 여동생이 보내는 눈빛은 대충 이런 의미였다.

-오빠, 혹시 특수팀 헌터들을 다 얼굴로 꼬신 건 아니지?

이 자식이 누굴 카사노바로 아나.

-얼른 알았다고 하기나 해.

나는 녀석에게 다시 눈짓을 보냈고.

"넵! 감사합니다! 세컨드 헌터님!"

동생은 과장된 경례로 지옥 같은 상사로부터의 해방을 만끽했다.

그러자 고미정은 입을 쩌억 벌렸다.

"이, 이럴 수가! 어, 어떻게 나한테 이럴 수가 있어?"

크게 충격을 받은 듯 비틀거리는 고미정.

본인도 아는 것이다.

인사팀과 이야기까지 되었다는 것은 그 박형진 팀장마저
도 고미정에게서 등을 돌렸다는 의미였다.

박형진 쪽은 나도 약간 걱정했는데 다행스럽게도 순순히
이쪽 편을 들어 주었다.

'역시 그 양반은 사람 보는 눈이 있다니까.'

고미정은 기가 찬다는 듯 입술을 깨물었다.

"별 미친 소릴 다 듣겠네. 공략팀? 청소부들이 무슨 개뿔
공략이야! 병신 같은 년들이 주제를 알아야지!"

한껏 씩씩거리던 그녀는 결국 돌아설 수밖에 없었다.

이곳에 자신의 편이 되어 줄 사람은 단 한 사람도 없었으
니까.

"너희, 내가 절대로 가만두지 않을 거야⋯⋯!"

지독한 적개심을 담아 헌터들을 노려보던 고미정이 자리
를 뜨고.

슬쩍 다가온 도승아와 장유민이 나에게 말했다.

"이렇게 하면 된 건가요?"

"흐아아! 심장 떨려 죽는 줄 알았어요. 저 미친년한테 이
래도 되는 건지⋯⋯."

나는 피식 웃었다.

"잘했으니까 걱정 마."

이로써 판은 깔렸다.

내가 의심하는 것처럼 고미정 역시 신인류와 관련이 있다면…….

이제 그 괴집단의 반응이 돌아올 것이다.

'그럼 난 꼬리를 낚아챌 수 있겠지.'

차원통제청의 조사국장 김준식은 한때 김서옥 청장과 함께 활동했던 SSR급 헌터였다.

그런 덕분에 헌터들의 활동과 습성에 대해 속속들이 알고 있는 사람이기도 했다.

블랙핑거 클랜의 마스터가 게이트 안에서 사망했다는 보고를 받았을 때.

"쯧, 노인네가 객기 부리다가 개죽음 당했구먼? 어차피 아들이 세컨드 헌터였지? 자동 승계되겠네. 자체 보고서 받고 처리해 줘."

어차피 게이트 안에서 일어난 일은 정부가 제대로 관여할 수 없다.

기껏해야 내부 투쟁 정도가 일어나겠거니 생각하며 적당한 선에서 손을 떼려고 했다.

하지만 아들인 심재진마저 죽었다는 소식이 전해지자 그

의 표정이 바뀌었다.

"뭐? 어쩌다가 부자가 동시에 죽었다는 거야? 왜?"

비로소 사건 개요를 들어본 김준식은 심각한 얼굴이 되었다.

"D등급 게이트잖아? 심혁필은 은퇴하긴 했어도 A등급 게이트까지 경험한 SR급 헌터인데…….."

아들인 심재진 역시 R3급 헌터였다.

그러니 고작 D등급에서 두 사람이 사망했다는 소식이 좀처럼 이해되지 않았던 것이다.

"흐음, 그러니까 무진 그룹의 3군이 게이트를 공략하면서 미니 보스를 건드리지 않았고, 채굴 작업을 준비하던 부자가 그걸 잘못 건드려서 화를 당했단 건데……. 그럼 인원 구성은 어떻게 된 거지?"

사고 요약을 훑어보던 그의 눈길이 한 군데에서 멈췄다.

"N1급 세 명, N2급 두 명. 그리고 F1급이 한 명?"

요약 보고서 마지막 부분에 적힌 'beast.C'라는 낯선 콜네임이 그의 시선을 붙잡았다.

"……이상하군. 가장 강한 두 사람만 죽고 끝날 일이 아닌데? 반대가 되었다면 몰라도."

물론 심혁필이 왕년의 실력만 믿고 무모하게 움직였다고 치부할 수도 있었다.

아들인 심재진은 그걸 보조하려다가 함께 당했다고 추측

할 수도 있겠고.

하지만…….

'아냐, 아무래도 뭔가 더 있는 것 같아.'

김준식은 조사국장으로서 본능적인 감각이 꿈틀거리는 것을 느끼며 사무실 전화를 향해 손을 뻗었다.

"어, 채 과장, 난데. 그 블랙핑거 클랜 사건 말이야. 직접 가서 한번 훑어봐. 아니, 너무 파고들진 말고. 수상한 건 없는지 직접 체크만 해 줘. 그래, 수고."

자신의 오른팔 격인 채윤기를 파견하기로 결정했다.

아직 확실한 것은 없지만, 뭔가 거대하고 알 수 없는 힘이 움직이고 있다는 것이 어렴풋하게 느껴지고 있었으니까.

ᐯ

"차원통제청 조사국이 움직일 거야."

식탁에 앉은 이코의 말이었다.

부엌에서 신우와 내가 삼겹살을 굽는 사이, 녀석은 노트북을 타다닥 두드리더니 뺨을 긁적였다.

"흐음, 채윤기 과장이 움직일 모양인데? 주의할 필요가 있겠어. 이 양반, 꽤 눈치가 빠르거든."

"그래?"

"응. 예전 내 고객 중에 살해당한 동료의 복수를 한다고 좀 과감하게 움직이던 사람이 있었는데. 채윤기 과장한테 컷 당했어."

"컷이라면?"

"거꾸로 당했다고. 너무 급하게 움직였지."

"원칙주의자라는 거네."

"맞아. 자료 뽑아 둘 테니까 읽어 봐. 라이선스는 R2급, 레벨은 40 초반일 거야."

그렇단 말이지?

나는 고개를 끄덕이며 채윤기라는 공무원 헌터에 대해서 머릿속에 담아 두었다.

삼겹살은 적당히 잘 구워졌다.

"아니, 근데……"

고기를 접시에 옮겨 담던 나는 문득 의아해졌다.

"야, 인마, 이코. 넌 공무원들 자료는 다 가지고 있으면서 어째 '신인류'에 대해서는 아는 게 하나도 없냐?"

인천의 오크 항구 게이트에서 돌아온 뒤 나는 곧바로 이코에게 신인류에 대한 정보를 요청했다.

하지만 안타깝게도 소득이 전혀 없었다.

"지금 그걸 말이라고!"

녀석은 안경을 고쳐 쓰며 항변했다.

"공무원들이야 늘 거기 있는 사람들이지만! 그 신인류라는 놈들은 완전히 신비주의인데 그걸 나한테 어떡하라고! 누굴

도라에×인 줄 아나…….”

　사실 정확히 말하자면, 이코가 신인류에 대해 하나도 모르는 것은 아니었다.

　녀석은 3년 전부터 신인류라는 놈들이 돌아다니고 있다는 사실 정도는 알고 있었다.

　단지 그 집단의 구성이나 목적 등에 대해서는 알지 못했던 것이다.

　이코는 오히려 나에게 정보를 얻어 낸 상태였다.

　그들이 ‘뉴타입’이라는 특성을 전수하며 권속을 부린다는 것.

　그리고 신인류 조직의 간부 중 한 사람은 ‘무왕’이라는 것.

　거기에 놈들이 세상과 게이트를 하나로 만드는 ‘신세계’를 추구한다는 것까지.

　내가 가져온 정보는 이코에게도 모두 새로운 것이었다.

　“하, 신인류…… 그것들 뭐지?”

　이코는 자존심이 상한 듯 숟가락으로 밥상을 탁탁 때리고 있었다.

　“곧 알아낼 테니까 조금만 기다려! 그놈들이 심혁필이라는 거물을 포섭하기까지 했는데 내가 잡아낼 꼬리 하나 없겠어?”

　“그래, 기대할게. 근데 그 숟가락은 가만히 내려놔. 혹시 그 머리가 휘면 네 대가리도 그렇게 될 거야.”

　“이 새꺄, 숟가락은 머리고 난 대가리냐?”

　“오빠들? 그만 투닥거리고 밥 먹지? 삼겹살 내가 다 먹어

치워 버리기 전에."

"그럴 순 없지."

"삼겹살은 못 참지."

우리는 식사를 시작했고, 상추와 깻잎이 다 떨어져 갈 때쯤 새로운 이야기가 나왔다.

"아, 맞다! 원호야, 너 클랜 만드는 거 말이야. 내일이면 가능할 거 같은데?"

"……음? 뭔 소리야?"

나 아직 D등급 몬스터 1백 마리 못 채웠는데?

—◆—

헌터가 클랜을 설립하기 위해 필요한 조건은 라이선스와 레이드 실적이다.

'최근 한 달 사이에 D등급 몬스터 1백 마리를 사냥하고 시스템 창으로 그걸 증명할 수 있어야 하는데…….'

지난 게이트에서 내가 사냥한 오크들은 서른여섯 마리에 불과했다.

아직 절반조차 채우지 못한 상황.

그런데 내일 클랜을 만들 수 있다니?

"뭐야? 그새 필요조건이 바뀌기라도 했냐? E등급 몬스터도 쳐줘?"

이코는 고개를 저었다.

"그런 건 아니고. 요즘 정부 측의 마력석 보유량이 좀 달리는 모양이야."

"그래서?"

"차원통제청에서 한시적으로 마력석을 매집하는 사업을 진행하기로 했는데, 클랜 설립에 필요한 레이드 실적도 마력석으로 바꿔서 제출할 수 있게 했어."

"레이드 실적을 마력석으로 바꾼다고?"

내가 고개를 갸웃거리자 이코는 씨익 웃으며 설명했다.

"D등급 몬스터 10마리를 E등급 마력석 하나로 대체해서 제출할 수 있다더라. 그럼 당장 내일도 가능하지."

……그러니까 지금 모자란 레이드 실적을 E등급 마력석 예닐곱 개 정도로 바꿔서 채울 수 있다는 뜻.

"잠깐. E등급 마력석이 일곱 개라면……."

생각하던 나는 인상을 찌푸렸다.

"아니, 거의 자동차 한 대 가격 아냐?"

E등급 마력석은 개당 5백만 원.

일곱 개는 3천5백만 원에 해당하는 값어치였다.

내가 알고 있었던 마력석 시세에 의하자면 그랬다.

"야, 이거 너무 바가지인데?"

지금 내가 돈이 부족한 것은 아니지만, 그렇다고 해서 호구가 되고 싶지는 않았다.

하지만 이코는 고개를 저었다.

"뭔 소리야? 그건 4년 전 기준이고요. 지금은 다섯 배 정도 올랐어."

"뭐? 다섯 배가 올랐다고?"

……그냥 바가지가 아니었구나. 초대형 바가지였어!

단순 계산으로 개당 2천5백만 원.

'그 늙은이가 미쳐서 날뛰던 이유가 있었네.'

인건비를 제하고도 개당 2천만 원은 남을 듯했다.

고작 E등급 마력석으로 그런 돈을 남겨 먹을 수 있다니.

심혁필이 눈알이 뒤집어져서 스캐빈저 노릇을 하는 것도 그럴 만한 이유가 있었던 것이다.

나로서는 이해가 가지 않는 대목도 있었다.

"아니, 근데 그렇게 마력석을 비싸게 팔아도 사는 사람이 있단 말이야? 대체 누가?"

그러자 이코는 간단하게 대답했다.

"마력 발전 기관, 무기 제작자들, 마법 물질 연구소, 신물질 제조사…… 너무 많은데?"

"그렇게 비싸게 사도 재정에 문제가 없나?"

"요즘은 마력석 활용 기술이 좋아져서 하나를 사도 쏠쏠하게 쓸 수 있기도 하거든. 그러니까 가능한 거지."

나는 혀를 내둘렀다.

'내가 없는 사이에 정말 많은 것이 변했구나.'

정부가 레이드 실적 대신 마력석을 받을 정도라니.

이미 그걸로 말은 다 한 셈이다.

"어? 잠깐만……."

잠시 생각하던 나는 허점을 찾아내고 인상을 찌푸렸다.

"이거, 레이드 실적이 아예 없더라도 마력석만 열 개 갖다 바치면 된다는 얘기잖아? 이게 뭐야?"

그냥 현금으로 2억 5천만 주면 된다는 이야기.

내가 그것을 지적하자 이코는 젓가락을 든 채 피식 웃었다.

"짜식아, 그렇게 앞뒤 안 재고 덤비면 그냥 돈 낭비하는 거지. 내년에 재심사가 안 될 테니 차원통제청만 꿀 빠는 거라고. 어떻게 보면 정부도 이걸 노린 거라고 할 수 있겠지만."

"그럼 정부가 돈 많은 아마추어 헌터들을 노린 건가?"

"아니, 극단적으로 말하자면 그렇다고. 원호야, 새삼스럽게 왜 그러냐? 이 바닥 몰라? 짜식이 아마추어도 아니고……."

"시끄러, 새꺄."

어쩐지 입안이 텁텁해지는 기분이었다.

정말 게이트의 모든 것이 철저하게 돈이 되어 버린 느낌이 들었으니까.

'쯧, 이럴 땐 야수계가 좀 그립네.'

인상을 찡그린 나에게 이코가 제안했다.

"마침 나한테 E등급 마력석이 좀 있어. 이걸로 클랜 설립 하고 D등급 마력석으로 채워 줘. 어때?"

마력석이 한 등급 올라가면 네 배 정도로 비싸진다.

그러니까 계산하자면…….

"1억 7천 정도 투자해서 7억을 만드시겠다? 이 자식이 누굴 호갱으로 보고?"

"푸하하하! 대신 차액은 네 동생 결혼할 때 축의금으로 다 줄게."

"엥? 거기서 내 결혼이 왜 나와? 언제가 될 줄 알고?"

"언젠간 하겠지, 뭐. 난 그사이에 열심히 돈 굴려서 열 배로 불릴 거야."

이코는 능글거리며 웃었고, 신우는 마뜩찮은 표정으로 콜라를 들이켰다.

하지만 나는 피식 웃었다.

"그럼 오케이. 진행해."

텁텁한 거야 텁텁한 거고.

지금 내가 이용할 수 있는 것은 최대한 이용하는 게 당연했다.

'정부에서 써먹으라고 준 걸 마다할 필요는 없으니까.'

철학과 맞지 않는다고 굳이 먼 길을 돌아갈 만큼 나는 여유가 넘치는 상황이 아니었다.

"좋아. 마스터의 재가가 떨어졌으니 클랜 설립은 내일 아침에 바로 진행할게. 지금 라이선스 앞뒷면 사진 찍어서 메일로 보내 놔. 사냥 증명은 나중에 게이트에서 하면 돼."

"알았어."

좋아. 그럼 클랜 설립 건은 더 신경 쓸 필요 없겠고.

'블랙핑거 쪽에서 신인류의 꼬리를 잡는 게 성과가 있었으면 좋겠는데…….'

과연 고미정은 신인류와 관련이 있을까?

"……오빠."

바로 그때, 콜라 잔을 든 채 생각에 잠겨 있던 신우가 입을 열었다.

녀석은 진지한 얼굴로 나에게 이렇게 말하는 것이었다.

"생각해 봤는데, 내가 세컨드 헌터를 맡는 건 좀 아닌 것 같아. 차라리 다른 사람을 영입하는 게 어때?"

꿈꿈

다음 날 아침, 블랙핑거 클랜에는 전체 회의가 소집된 상태였다. 회의 안건은 '임시 마스터 선임에 관한 건'.

도승아에게 완전히 밀렸음에도 불구하고 클랜의 패권을 포기하지 못한 고미정이 수를 쓴 것이었다.

그리고 그 회의가 성사된 또 하나의 이유는 장유민의 메시지가 알려 주고 있었다.

[수현님! 차원통제청에서 '채윤기'라는 조사관이 나왔어요!]

[클랜 마스터 권한의 승계 절차를 참관하고 싶다고 하는데요;]

[어뜩하죠ㅠㅠ?]

어제 이코가 말했던 그대로였다.

차원통제청의 공무원이 개입하기 시작한 것이다.

'말이 참관이지, 뭔가 수상한 게 없는지 살펴보겠다는 뜻이야.'

조금 껄끄러운 것은 사실이었다.

하지만 오히려 유리하게 이용할 수 있는 지점이기도 했다.

'만약 고미정이 뭔가 일을 저지른다면…….'

채윤기는 자연스럽게 이 사건에 개입해서 목격자 역할을 해 줄 것이다.

나는 여자들에게 침착하라고 지시했다.

[긴장하지 말고 하던 대로 자연스럽게]

[계속 고미정을 몰아붙여서 어떻게 나오는지만 보면 돼]

[정 문제가 생기면 어떻게든 도와줄 테니까 걱정 마]

내심 기대하고 있었다.

'고미정이 과연 어떻게 나올까? 신인류의 지령이 내려왔을까?'

신우와 함께 클랜 하우스에 들어선 나는 엘리베이터를 타고 5층 회의실로 향했다.

그리고 우리가 문을 열고 들어섰을 때.

"……."

회의실에서는 묘한 정적이 감돌고 있었다.

우선 전(前) 특수팀이자 현재 지도부를 장악한 여성 헌터들 다섯 사람.

'이규란, 도승아, 김윤미, 성수진, 장유민.'

그리고 인사팀장 박형진까지 도합 여섯 사람이 창문을 등지고 앉아 있었고.

"언니들, 대체 이게 무슨 꼴이야?"

"그 노인네는 뒈지는 순간까지 도움이 하나도 안 되네."

"시끄러워!"

고미정을 포함하여 상대적으로 나이가 든 여성 헌터들 세 사람이 자신의 부하 직원들을 거느리고 맞은편에 앉아 있었다.

바로 블랙핑거 클랜의 주축이라고 할 수 있는 채굴팀장들이었다.

'……이름들이 뭐였더라?'

아까 신우한테 들었는데 기억이 나질 않았다.

사실 따로 염두에 둘 필요가 없었다.

"쟤가 백수현이구나? 햐, 진짜 탱탱하네!"

"어쩐지 미정 언니가 정신을 못 차리더라. 나도 맛 좀 보고 싶네."

"시끄럽다고!"

나를 향해 쑥덕거리는 그 여자들은 고미정과 놀라울 정도로 똑같은 캐릭터들이었으니까.

'그냥 고미정 마크2, 마크3라고 불러도 충분하겠네.'

어쨌거나 나와 신우는 박형진의 옆으로 가서 앉았다.

그러자 고미정 팀장의 눈길이 활활 불타오르기 시작했다.

특히 나에게 격렬한 감정이 쏟아지고 있었다.

보름달 여우의 권능을 통해 전해져 오는 고미정의 생각.

─나쁜 새끼!

─너도 날 배신했어?

─가질 수 없다면 부숴 버릴 거야……!

내가 대체 언제 배신을 했다는 건지…….

'처음부터 같은 편이 된 적도 없는데 말이야. 과대망상도 정도껏 해야 하는 거 아니냐고.'

아주 미친 여자가 따로 없었다.

'저 여잔 신인류와 관련이 없더라도 위험해.'

나는 소름이 돋는 것을 꾹 참으며 의자를 당겨 앉았고.

"크흠! 자, 그럼 시작할까요?"

인사팀장 박형진이 헛기침을 하며 회의의 시작을 알렸다.

"사정상 오늘 회의는 제가 주관하도록 하겠습니다. 아시

다시피 우리 클랜에 큰 비극이 벌어졌고, 마스터 자리가 공석이 된 상황을 중재하기 위해서입니다. 다들 이해해 주시리라 믿습니다."

하지만 곧바로 태클이 들어왔다.

"야, 박형진. 네가 중재할 게 뭐가 있어?"

"그래! 심혁필과 심재진이 죽었으면 당연히 다음 서열로 넘어가야지! 그냥 1팀장이 마스터가 되면 끝인데! 이걸 무슨 회의를 하고 있어!"

고미정 마크2와 마크3가 의기양양하게 목소리를 높인 것이다.

두 여자는 마크1이 클랜 마스터가 되는 것이 마땅하다고 주장하고 있었다.

하지만…….

"시끄러워. 닥쳐."

"다, 닥쳐?"

"그래, 닥치라고. 안 닥치면 죽여 버릴 거니까."

"…….."

긴 머리를 쓸어 넘긴 이규란이 낮은 목소리로 입을 열자 모두 조용해졌다.

단지 말이 거칠어서가 아니었다.

입을 연 이규란으로부터 피어 나오는 살기가 제법 묵직하고도 살벌한 탓이었다.

'역시 맏언니가 맏언니인 이유가 있었어.'

특수팀의 선봉인 그녀는 N1급이며 레벨은 29라고 했다.

하지만 실제로는 레벨을 숨긴 듯 그것을 훨씬 뛰어넘는 느낌이었다.

어제 나에게 베인 상처가 아직 다 회복되지 않아서 안색이 파리했음에도 불구하고.

"떠들고 싶으면 발언권 얻어서 떠들어. 여긴 회의장이야. 누가 회의 소집했는지 까먹었으면 자격증 반납하고 치매 검사나 받으러 꺼져."

카리스마를 아주 철철 쏟아 내는 여전사가 그곳에 앉아 있었던 것이다.

"어때? 오빠? 걸 크러시 장난 아니지? 다리 한번 놔 줘?"

"너한테 죽빵 크러시 하기 전에 입 좀 다물어."

옆에서 깐족거리는 신우에게 나는 엄중한 경고를 날렸고.

"자, 자, 여긴 공식 석상이니 예의를 갖춰서 말씀해 주시기 바랍니다. 에, 그리고 지금은 차원통제청의 조사관님도 배석해 있으십니다."

박형진 팀장이 어색한 웃음을 지으며 한쪽 구석을 가리켰다.

그곳에 서늘한 인상의 남자가 팔짱을 끼운 채 앉아 있었다.

저 남자가 채윤기 과장.

"예민하고 어려운 사안입니다만, 외부에서도 이번 회의를 참관하고 있으니 모두 품위를 지켜서 발언해 주시기 바랍니다. 그럼 회의를 시작하겠습니다.”

두 진영은 곧바로 팽팽하게 대립하기 시작했다.

“여러분! 우린 스캐빈저 클랜이에요! 무엇보다 채굴 업무를 성공적으로 수행할 필요가······!”

“하지만 스캐빈저들도 헌터입니다. 반드시 안전을 보장할 수 있어야 게이트에 진입할 수 있습니다. 하지만 고미정 팀장님은······.”

일단 채윤기를 의식해서 험한 말은 오가지 않았다.

하지만 양 진영에서 주고 받는 이야기는 클랜의 패권을 차지하기 위해 상대를 날카롭게 후벼 파는 내용이었다.

특히 고미정은 칼을 갈고 온 듯 목소리를 크게 높이고 있었다.

“이규란 헌터! 당신이 싸움이야 좀 한다지만 이제 고작 스물일곱 살이에요! 우리 블랙핑거처럼 커다란 조직을 이끌기에는 터무니없이 경험이 부족하다고요! 너무 어려요! 그런데 마스터라뇨!”

전형적인 ‘어른의 논리’를 이용한 공격.

나이로 공격하는 것은 객관적으로 부당한 것이었지만, 동시에 꽤나 효과적이기도 했다.

웅성거리는 클랜원들이 그 증거였다.

“그래, 맞아.”

"규란 씨가 좀 어리긴 하지."

"나이가 있어야 믿을 만한데 말이야."

상명하복에 익숙한 직장인들의 심리를 정확하게 공략했다고 할 수 있을 것이다.

하지만 나는 내심 피식 웃었다.

'예상했던 패턴이군.'

그리고 이건 금세 깨질 수밖에 없는 논리였으니까.

적어도 지금 이곳에서는 그랬다.

"그래요? 제가 너무 어려서 마스터를 맡으면 안 된다는 겁니까?"

날카롭게 웃으며 턱을 괴는 이규란.

"그럼 다들 '어리지 않은 심혁필 마스터'가 계실 때는 좋았던 모양이네요?"

"……?"

"잘 생각해 보십시오. 여러분 모두 그때 만족스러우셨습니까? 심혁필 헌터가 마스터로서 믿을 만했습니까?"

"……!"

이규란이 던진 말에 세 팀장을 제외한 모두의 표정이 딱딱하게 굳어졌다.

그저 마력석을 캐 오라고 윽박지를 뿐, 심혁필은 마스터로서 아무것도 하는 것이 없었다.

출근조차 제대로 하지 않았다고 들었다.

당연히 모든 클랜원들이 그것을 기억하고 있었으니…….

"그, 그래! 꼭 나이가 많은 사람이 마스터를 맡을 필요는 없잖아?"

"나이보다 능력이 중요하지!"

"음, 맞아. 생각해 보니 그렇군."

여론은 순식간에 기울어지고 말았다.

"이런 썅…….."

고미정 역시 그것을 느꼈는지 입술을 꾹 깨물고 있었다.

결국 이야기는 원점으로 돌아갈 수밖에 없었다.

"우린 스캐빈저 클랜입니다! 당연히 채굴팀이 지휘권을 가지는 게 당연합니다!"

"하지만 그전에 헌터들입니다. 게이트에서 안전을 확보할 전투력을 먼저 고려해야 합니다."

채굴이 먼저냐, 전투가 먼저냐.

근본적인 논점으로 다시 돌아온 것이다.

나는 고민에 잠겼다.

'흠, 지금까지는 고미정한테 딱히 수상한 점이 보이지 않는데……. 그냥 빡빡 우기기만 하고 있어.'

설마 나의 괜한 착각이었던 걸까?

하지만.

고미정의 수상한 노림수가 등장한 것은 바로 그때였다.

"그럼 이렇게 할까요? 게이트에서 대결을 해 보자고요."

'대결? 대결이라고?'

내가 눈을 가늘게 뜬 그 순간.

"흐음, 대결이라……."

조용히 앉아서 언쟁을 지켜보던 채윤기가 작게 중얼거리고 있었다. 동시에 짧은 메모까지 해 가며.

그만큼 고미정의 제안에는 이상한 구석이 있었다.

게이트 안에서 실력 발휘라면 본인이 불리할 텐데, 거꾸로 이런 제안을 했다는 것은 비빌 언덕이 있다는 뜻.

어쩌면 그 언덕이 바로 신인류일지도 모른다.

"이규란 헌터는 특수팀이니까 잘 알고 있겠네요. 우리 클랜의 '보물'이 보관되어 있는 그 게이트 말이에요."

보물?

"거긴……."

이규란의 표정이 살짝 일그러지는 것을 보며 고미정은 득의양양한 얼굴로 제안했다.

"일주일 뒤, 거기서 경쟁 대결을 하는 걸로 하죠. 이기는 쪽이 마스터 권한을 가져가는 걸로. 그럼 공평하죠?"

❧

고미정이 경쟁 대결이라는 이야기를 꺼낸 그 순간.

"……."

잠시 무거운 침묵이 흘렀다.

회의실 책상 아래로 슬며시 스마트폰을 꺼낸 장유민으로부터 메시지가 날아들었다.

[어떡하죠?]
[고미정이 무슨 속셈인지 모르겠어요ㅠㅠ]

나는 재빨리 손가락을 움직여 답장했다.

[ㅇㅋㄱㄱ해]

사실은 받아들이지 않아도 된다.

여기 모여 있는 클랜원들에게 심혁필 시절의 더러운 기억을 떠오르게 한 것만으로도 이규란 측은 승기를 잡은 셈이니까.

하지만 우리의 진짜 목적은 클랜의 주도권을 잡는 것이 아니었다.

'그보다 고미정 뒤에 신인류가 있는지 알아봐야 해.'

그러니 저 노림수에 일단 어울려 줘야만 했다.

장유민으로부터 내 지시를 전해 들은 이규란은 깊게 가라앉은 눈빛으로 고개를 끄덕였다.

"좋습니다. 그렇게 해 보죠. 경쟁 대결을 받아들이겠습니다."

……헌터들의 경쟁 대결.

그것은 무력에 의한 투쟁을 최대한 방지하기 위해 만들어진 분쟁 도구였다.

제시된 목표를 먼저 달성하는 쪽이 승리자가 되는, 비교적 평화로운 형태의 싸움이라고 할 수 있었다.

그리고 이것마저 당사자들이 불복하면 피의 투쟁이 일어나게 되는 것이다.

'이건 경쟁 목표를 정하는 게 또 하나의 관건인데.'

나도 이스케이프 클랜에 있을 때 두세 번 치러 본 적이 있어서 잘 알고 있었다.

'자, 여기서 고미정의 노림수는 뭘까?'

그리고 여자는 득의양양한 미소를 지으며 입을 열었다.

"경쟁 목표는 '우리 클랜의 보물'을 먼저 쟁취하는 걸로 하죠. 단, 무슨 수를 써서든 상관없다는 조건을 달아서."

보물 쟁취라고?

'그럼 그냥 깃발 꽂기라는 건데.'

이건 딱히 특별한 것이 없는 경쟁 목표였다.

무슨 수를 쓰든지 상관없다는 조건이 약간 위험하긴 했지만.

대놓고 살상을 목표로 하는 것보다는 훨씬 온건한 조건이었다.

슬슬 궁금해졌다.

[야]

[그 보물이란 게 뭔데?]
[무기? 아티팩트?]

그러자 장유민에게서 돌아오는 대답.

[이따가 말씀드릴게요;]
[설명이 좀 필요하거든요;;;]

'대체 무슨 보물이길래?'

어쨌거나 경쟁 대결의 세부적인 규칙에 관한 이야기까지
오고 간 뒤.

"……자, 그럼 이것으로 오늘 회의를 마치겠습니다. 모두
들 수고하셨습니다."

박형진의 선언에 따라 회의가 종료되었다.

발등에 불이 떨어진 채굴팀장들이 몸을 일으키며 혀를 쯧
쯧 찼다.

"참 나, 노인네가 갑자기 죽은 것도 모자라서 저 어린년들
이랑 경쟁 대결을 해야 한다니."

"이참에 아예 밟아 버려야겠어."

"저기, 수현 씨?"

뜻밖에도 고미정은 나에게 뭔가 이야기하려 했다.

하지만……

"백수현 씨, 잠시 시간 좀 내주실 수 있겠습니까?"

차원통제청의 채윤기도 나에게 말을 걸어왔다.

도승아를 비롯한 여헌터들이 내 쪽을 바라보며 긴장된 표정을 짓고 있었다.

하지만 나는 천천히 고개를 끄덕였다.

"물론입니다."

✦

R2급이라고 하더니, 채윤기는 상당히 높은 수준의 헌터였다.

'보름달 여우의 눈이 씨알도 안 먹히는 걸 보면 정신 방벽을 기본으로 두르고 있는 모양인데?'

물론 퓨리 에너지나 마력을 이용해서 권능을 날카롭게 벼려 낸다면 뚫어 낼 수 있을 것이다.

하지만 지나치게 위험한 작업이었다.

'힘이 많이 들어가는 만큼 들키기도 쉬워.'

내가 뭔가 하고 있다는 것이 발각되고, 괜한 의심을 사는 것은 그야말로 최악의 전개.

지금은 최대한 안전하게 갈 때였다.

그래서 나는 그저 고요한 눈으로 채윤기를 바라보고 있었다.

"······."

"전 차원통제청의 조사국에서 나온 채윤기라고 합니다. 실례지만 라이선스를 제시해 주실 수 있겠습니까?"

남자는 자신의 공무원증을 보여 주며 나에게 자격증을 요구했다.

"여기 있습니다."

자격증을 훑어보는 채윤기를 앞에 둔 나는 아주 잠깐 단상에 빠져들었다.

'이 사람이 서른 살이라고 했지.'

영하 누나와 같은 나이였다.

공무원 시험도 누나와 비슷한 시기에 합격했다고.

만약 그녀가 차원 역류에 휩쓸리지 않았다면 딱 이만큼 경력을 갖추고 활동하고 있었을 것이다.

'……괜히 싱숭생숭하네.'

여러모로 나의 아픈 기억을 건드리는 남자였다.

뭐, 어쨌거나…….

'어제 이코 녀석이 아주 신신당부를 했지. 실무 감각이 날카로운 사람이니까 절대로 허점을 보이지 말라고.'

지금의 나는 흑막 아닌 흑막이 된 상황.

차원통제청의 조사관을 허투루 대할 생각은 추호도 없었다.

사실 아예 우리 편으로 만들면 좋겠지만, 솔직히 지금으로써는 어려운 일이었다.

'엘리트 공무원이면서 원칙주의자.'

이런 인물은 쉽게 포섭되지 않았다.

협박과 기만보다 차라리 시간과 진심이 경제적일 만큼, 우리 편으로 만들기가 어려운 타입이었다.

'차라리 반대로 쓰는 게 나을 거야.'

고미정을 합법적으로 족칠 몽둥이라면 어떨까?

나의 믿음직한 동료로 만들 수 없다면, 상대에게 끔찍한 적으로 만들어 주면 된다는 것이 나의 결론이었다.

그리고 그쪽이 더 쉬운 루트이기도 했다.

난 이미 그 방법을 생각해 둔 상태였다.

"협조 감사합니다."

"별말씀을."

"백수현 씨에게 제가 몇 가지 여쭤보고 싶은 게……."

"저기, 조사관님."

라이선스를 돌려받은 나는 그의 말을 자르며 끼어들었다.

"사실 제가 말씀드릴 게 하나 있는데요. 믿어 주실지 모르겠지만요."

잔뜩 분위기를 잡으며 기세를 끌고 가는 것이다.

"하아, 제가 봐서는 안 될 것을 봤습니다. 그 게이트에서요. 말해도 되겠습니까?"

"봐서는 안 될 것이라뇨? 그게 뭡니까?"

"저도 차마 믿기 어렵고 무서워서 다른 사람들에게는 말하지 못했습니다만, 아무래도 조사관님께는 이야기해야 할 것 같네요."

채윤기의 표정이 살짝 바뀌는 것을 보며 나는 거짓말을 시작했다.

간단히 요약하자면 이런 이야기였다.

"심혁필, 심재진 부자는 서로를 죽이려고 했습니다. 미니 보스와 오크 라이더들을 이용해서요."

"뭐, 뭐라고요?"

"아버지와 아들이 서로를 공격했습니다. 아마 새끼 늑대를 납치해서 움직이면 오크 라이더들이 한꺼번에 움직인다는 것을 알고 있었던 것 같습니다. 결과적으론 둘 다 죽었지만 말입니다."

"……!"

채 과장의 얼굴이 딱딱하게 굳어지는 것을 보며 나는 말을 이었다.

"둘 중 한 사람이 그걸 이용해서 몬스터 웨이브를 일으켰고, 저와 다른 헌터들이 고립된 사이에 골육상잔을 저질렀습니다. 즉, 차도살인……. 무슨 말인지 아시죠?"

차도살인(借刀殺人)이란 칼을 빌려 사람을 죽인다는 뜻이다.

어떻게 아버지와 아들 사이에서 그런 일이 벌어졌을까 싶겠지만…….

'실제로 심혁필은 심재진이 죽어 가는데도 살리려고 하지 않았어.'

그 노인네는 아들은 다시 낳으면 된다는 악마적인 명언을 남기기까지 했다.

그리고 이런 일은 생각보다 비일비재하다.

"……설마 유산을 노리고? 흐음, 심각한 갈등이 있는 부자 사이에서 드물게 일어나는 사건이기는 하지, 특히 큰 재산이 걸려 있다면. 그러다가 양패구상 해 버렸다는 건가?"

혼잣말을 중얼거리는 채윤기가 납득한 것처럼, 친족 살해는 일반인들의 사회에서도 일어나는 일이었다.

사실상 '치외법권'이라고 할 수 있는 게이트를 이용한다면 더더욱 어렵지 않게 시도할 수 있는 범죄였다.

여기서 특이한 점이라면 두 사람 모두 살아남지 못했다는 것 정도.

하지만…….

"이상하군요. 제가 알기로는 심혁필과 심재진은 사이가 나쁘지 않았다던데? 유산이라면 순조롭게 물려받을 수 있었던 것으로 보이고요. 무엇보다도 누가 누구를 죽이려고 했다는 겁니까?"

채윤기는 스스로 완전히 납득하기 전까지 나를 계속해서 추궁할 생각인 듯했다.

그러나 이 거짓말은 완벽할 필요가 없는 것이었다.

"그거야 저도 모르죠. 전 그냥 두 사람이 다투고 레이드 과정에서 협력하지 않는 것을 봤을 뿐이니까요."

"예? 그게 무슨……?"

"사실 저는 '예지' 특성을 보유하고 있습니다. 고작 레벨 2에 불과하지만요."

그러자 채윤기의 눈빛이 다시 한번 바뀌었다.

"오호. 예지 특성이 2레벨이십니까? 그렇다면 이해가 가는군요. 그게 '통안'이라는 스킬이었던가요?"

"아시는군요?"

"예, 흔한 특성은 아니지만 유명하잖습니까?"

통안(通眼).

예지 특성에 귀속된 이 스킬은 전혀 다른 장소에서 벌어지는 사건을 보여 주는 특수한 능력이었다.

사실 이건 저레벨 구간에서는 무작위로 작동되는 능력에 가까워서 헌터들에게는 전력 외로 취급되는 힘이었다.

'하지만 지금 이 상황을 설명하기에는 딱 적당하지.'

채윤기 역시 그것을 잘 알고 있었다.

그래서 그는 검증을 시도했다.

"통안을 이용해서 보셨다는 말씀이군요. 그럼 수현 씨가 통안을 가지고 계시다는 것만 증명해 주시면 되겠군요. 아무거나 봐 주시면 됩니다. 지금 뭐가 보이시죠?"

곧바로 나에게 그 능력을 사용해 보라고 요구한 것이었다.

물론 나에게는 예지 특성도 통안 스킬도 없다.

'하지만 그 정도쯤이야.'

나는 씨익 웃으며 권능을 전개했다.

[권능 : '탐색자 고양이의 수염'.]
[정보 : 선택된 공간 내에서 대단히 강력한 탐지력을 발휘할 수 있습니다.]

탐색자 고양이의 수염은 좁은 공간에 한정하여 아주 세부적인 수준까지 읽어 낼 수 있는 권능이었다.

수인 헌터들은 이 권능을 몬스터가 남긴 흐릿한 족적이나 혈흔 같은 것들을 찾아내기 위해서 사용하고는 했었다.

그러나 지금 나는…….

"흐음, 뭔가 보이긴 하는데 이게 뭔지 모르겠네요. 별? 아니, 꽃인가? 노란색의 꽃 같은 것들이 수놓아져 있는데요."

순전히 채윤기 과장을 기만하기 위해 사용하는 중이었다.

"노란 꽃? 그게 뭐죠?"

아직 감을 잡지 못한 남자는 눈살을 찌푸리며 뺨을 긁적이고 있었다.

그렇다면 별수 없군.

"조사관님, 죄송하지만 오늘 팬티 뭐 입으셨습니까? 혹시 노란 꽃무늬입니까?"

"……쿨럭! 쿨럭!"

잔뜩 무게를 잡고 있던 채윤기가 사레가 들린 것처럼 기침을 하기 시작했다.

"아니! 쿨럭! 커흠! 그, 그런 것도 볼 수 있습니까?"

"볼 수 있다기보다는 보였습니다. 아시다피 무작위로 발동하는 스킬이라서요. 저라고 보고 싶어서 봤겠습니까? 그나저나 팬티가 너무 화려하시던데…….."

"크흐음, 흠. 죄송합니다."

"저한테 죄송하실 것까지는 없죠. 그냥 조사관님의 팬티 취향이니까요."

"네……."

얼굴이 홍시처럼 벌겋게 된 채윤기는 더 이상 나를 추궁하지 않았다.

나는 속으로 씨익 웃었다.

전혀 궁금하지 않은 남자 팬티까지 언급해야 했지만.

'자, 아무 말도 못하죠?'

그만큼 확실한 증명이었다. 이제 채윤기는 내가 예지와 통안을 가지고 있다고 믿을 수밖에 없을 것이다.

"알겠습니다. 그럼 백수현 씨께서 보신 것을 조금만 더 자세히 이야기해 주시겠습니까?"

자세를 바꾼 조사관은 진지한 태도로 나의 거짓말을 경청하기 시작했다.

그리고 이야기가 끝날 무렵, 그는 눈을 가늘게 뜨고 있었다.

"……신인류요? 저도 처음 듣는 이름의 조직입니다만."

짐승같은
누렁비

"그렇다면 이제부터 알아보셔야겠네요. 심혁필과 심재진의 죽음 뒤에 그들이 있는 것 같으니까 말입니다."

나는 이야기를 진행하며 '신인류'라는 키워드를 적당히 섞어 넣었다. 두 부자가 신인류 안에서의 이권 다툼에 관련이 있는 듯한 뉘앙스를 준 것이다.

아, 더 중요한 것도 있다.

'여기서 고미정의 존재감도 살짝 뿌려 줘야지.'

나는 짐짓 심각한 표정을 지으며 말했다.

"제 개인적인 생각입니다만…… 심혁필과 심재진이 모두 죽은 것이 좀 수상합니다."

"흠, 저도 수상하긴 합니다."

슬슬 나를 신뢰하기 시작하는지 덩달아 고개를 끄덕이는 채윤기 과장.

나는 기세를 몰아 혓바닥을 열심히 움직였다.

"심혁필 마스터는 명색이 SR급 출신이잖습니까? 아무리 다수의 몬스터들이 급습했다고 하더라도, 그렇게 당한다는 게 말이 안 된단 말이죠."

"맞습니다. 동의합니다."

"그래서 어쩌면 제삼자의 개입이 있었을지도 모른다는 생각이 듭니다."

"제삼자의 개입이라?"

채윤기의 눈동자가 반짝였다.

"혹시 그런 장면도 보셨습니까? 다른 사람이 끼어드는 모습이라든가……."

하지만 나는 고개를 저었다.

"아뇨, 그런 건 보지 못했습니다."

지금 여기서부터는 채윤기 본인이 스스로 생각하고 의심을 가져야 하는 부분이었으니까.

'전부 다 내가 일러 주면 오히려 수상해.'

그저 적당하게 운만 띄워 주면 되는 일이었다.

"잘은 모르겠습니다만, 그 제삼자는……. 아무래도 두 사람의 죽음으로 인해 가장 이득을 볼 사람이 아닐까요? 저로서는 특정하기가 어렵지만 말입니다."

"……심혁필과 심재진의 죽음으로 인해 가장 큰 이득을 볼 사람."

남자의 눈동자에 다시 한번 섬광이 일었다.

곧바로 알아차린 것이다. 바로 방금까지 그 형형한 욕망이 드러나는 자리에 채윤기 또한 함께 있었으니까.

"잘 알겠습니다. 큰 도움이 되었습니다. 정말 고맙습니다, 백수현 씨."

"도움이 되었다니 다행입니다."

블랙핑거 클랜의 3인자인 고미정이 용의선상에 오르는 순간이었다.

이렇게 약할 줄은 몰랐던 뉴비

"백수현이라고 했지……?"

블랙핑거 클랜의 클랜 하우스를 나서는 채윤기는 복잡한 표정을 짓고 있었다.

사실 그에게는 숨겨 놓은 중요한 비밀이 하나 있었다.

바로 '관조'라는 특성의 존재였다.

차원통제청의 상사들에게도 말하지 않은 이 특성은 상대와 일대일로 대화를 시작하게 되면 자동으로 발동하는데.

이때부터 채윤기는 상대가 하는 말의 '참과 거짓'을 꿰뚫어 볼 수 있었다.

시스템 메시지가 그것을 판가름해 주었다.

[정보 : 지금 눈앞의 상대가 거짓말을 하고 있습니다.]

……즉, 거짓말 판독기.

이것은 채윤기가 차원통제청의 수사관으로서 승승장구하는 비결이면서, 그가 좀처럼 인간에 대한 신뢰를 가지지 못하는 이유이기도 했다.

숨 쉬듯이 거짓말을 쏟아 내는 인간들을 상대하다 보면 한 줌의 인류애조차 흔적도 없이 증발되어 버리기 일쑤였으니까.

그런데 오늘은 모처럼 당황하고 말았다.

[알림 : 알 수 없는 이유로 특성 '관조'의 발동이 취소됩니다.]

이상하게도 '백수현'을 상대로 관조 특성이 제 힘을 발휘하지 못했던 것이다.

그 때문에 채윤기는 표정을 관리하기 위해 꽤나 노력을 해야만 했다.

"이상한 일이야……."

물론 관조 특성이 모두에게 효과를 발휘하는 것은 아니었다.

당장 자신의 상사인 김준식 국장만 해도 그랬다.

아까처럼 알 수 없는 이유로 특성의 발동이 취소되면서 대화의 진위를 가려낼 수 없게 되는 일도 있었다.

하지만 그건 아주 희귀한 경우였고, 헌터의 능력과 연관이 있는 것이었다.

'SSR급 랭커들은 100% 작동하지 않는다고 보면 맞고, SR급 랭커들은 반반 정도 확률이었지.'

그 이하 R등급 헌터들은 1백 명 중 한두 사람만 관조가 통하지 않는 수준이었다.

N등급이나 F등급 헌터의 경우에는 입 아프게 말할 필요도 없었다.

'특히 F등급에서는 관조를 피해 간 사람이 없어.'

지금까지 단 한 명도 없었던 것이다.

그래서 채윤기는 F1급이라는 라이선스를 확인한 뒤 대수롭지 않게 생각했다.

당연히 이야기의 진위를 읽어 낼 수 있을 것이라고 예상했으니까.

분명 그랬는데.

'……전혀 읽어 내지 못했다.'

채윤기는 미처 알지 못했지만, 그 작용은 최원호가 가진 특성 중에서도 '무의'의 효과였다.

즉, 최원호가 극한에 이른 무인으로서 자연적으로 외부 간섭을 무효화할 수 있었던 것.

그런 까닭에 관조의 발동은 번번이 취소되었고, 채윤기는 그저 평범한 수사관으로서 정보를 수집할 수밖에 없었다.

"심혁필 부자의 골육상잔과 제삼자의 가능성이라……."

그 이야기를 들으며 채윤기는 속으로 감탄했다.

'진실인지 아닌지는 모르겠지만 아주 그럴듯한 이야기이기는 해.'

그리고 수사관은 묘하게 마음이 편안해지는 것을 느꼈다.

사실 상대의 이야기가 거짓말임을 알면서도 아무렇지 않게 대화하는 것은 상당한 큰 심력을 소모하는 일이었다.

자신을 속이려 드는 상대와 입씨름을 하다 보면 관조 특성에 오히려 회의감마저 느낄 정도였다.

차라리 김준식을 비롯한 고위 랭커들와 이야기하는 것이 편안할 지경이었다.

그런데 모처럼 관조가 통하지 않는 상대를 만난 것이다.

"백수현, 백수현……."

당연히 본명은 아닐 것이다.

수사관으로서 장담하건대 그 남자의 실체는 절대로 F등급이 아니었다.

차원통제청의 조사관을 앞에 두고 조금도 흐트러짐이 없는 태도만 봐도 알 수 있었다.

'최소한 SR급 헌터.'

해외 출신일 수도 있고.

어쩌면 신분을 세탁한 범죄자일지도 모른다.

과연 진짜 정체가 무엇일까?

"……."

채윤기는 애써 그 궁금증을 누르며 전화를 걸었다.

"예, 국장님. 블랙핑거에서 나오는 길입니다. 확실히 수상한 점을 발견했습니다. 일주일 뒤에 잠복 수사를 좀 해야 할 것 같습니다."

전화 너머의 김준식 국장은 잠복 장소에 대해 물었고, 채윤기는 수첩에 적힌 게이트 이름을 떠올렸다.

"용인에 있는 C등급 게이트 '유혹하는 라미아의 안개 호수'입니다. 예, 잘 준비하겠습니다. 알겠습니다."

"백수현 헌터님!"

"조사는 끝났습니까? 뭘 물어보던가요?"

채윤기와의 이야기가 끝나자 장유민과 도승아가 득달같이 달려왔다.

블랙핑거 클랜의 모두가 나를 흘끗거리고 있었다.

심지어 고미정마저도 복도 저편에서 괜히 오락가락하며 이쪽을 주시하고 있는 것이 느껴질 정도였다.

"……일단 조용한 곳으로."

나는 두 여자를 이끌고 자리를 피했다.

이제 덫은 다 만들어졌으니, 나는 여기서 중요한 것만 몇 가지 체크하고 다음 행동에 돌입할 생각이었다.

"이규란은? 마스터 사무실에 있나?"

"아, 규란 언니는 병원으로 돌아갔어요. 아직 회복이 덜 됐거든요."

"병원? 그럼 환자가 회의 때문에 나온 거였어?"

"네, 고미정을 맞상대하려면 아무래도 본인이 직접 나서는 게 좋겠다고 하더라고요."

"그렇군."

출근도 제대로 하지 않았던 심혁필과는 180도 다른 자세였다.

'일만 잘 풀리면 블랙핑거는 꽤 괜찮은 리더를 얻게 되겠어.'

조금 불안했는데 다행스럽게도 점점 확신이 생기고 있었다.

'……그래, 신우를 여기다 두는 것도 나쁘지 않겠지.'

적어도 어제까지만 해도, 블랙핑거의 미래는 나에게 크게 중요한 문제가 아니었다.

어차피 떠날 클랜이라고 생각했기 때문이다.

하지만 상황이 조금 달라졌다.

-오빠, 내가 세컨드 헌터를 맡는 건 좀 아닌 것 같아. 차라리 다른 사람을 영입하는 게 어때? 분명히 오빠에게 더 큰 도움이 될 헌터들이 있을 거야. 난 블랙핑거에 남고 싶어.

신우가 내 클랜이 아니라 블랙핑거 클랜에 남겠다고 의지를 피력한 것이다.

그러니 내 생각도 바뀔 수밖에 없었다.

처음엔 선뜻 이해하기 힘들었다.

심혁필이 죽었다고는 하지만 블랙핑거는 여전히 스캐빈저 클랜이고.

레이드 클랜으로 전력을 재편하려고 해도 제법 시간이 걸릴 수밖에 없었으니까.

그러나 동생의 생각은 확고했다.

–난 오빠에게 짐이 되고 싶지 않아. 그리고 블랙핑거는 달라질 거야. 심혁필와 심재진이 사라졌다고 전부 바뀐 것은 아니지만…… 그래도 시작점으로는 충분하잖아?

녀석은 블랙핑거의 변화를 이끌기 위해서라도 클랜에 남겠다는 말이었다.

'……기특한 자식, 많이 컸네.'

그 때문에 나는 블랙핑거 클랜의 상황에 내심 신경을 기울이게 되었고, 그들의 사정에 대해 더욱 확실하게 알아 둬야 했다.

"블랙핑거의 보물이란 것부터 이야기해 봐. 그런 게 있었어?"

특별한 보물이 있다면 안전하게 금고에다 넣어 둘 것이지, 왜 굳이 게이트 안에다 보관해 뒀던 것일까?

'대체 무슨 보물이길래?'

내 궁금증에 장유민이 대답했다.

"우리 클랜의 상징적인 아티팩트에요. '황금을 만드는 검은 손가락'이 라미아의 호수 게이트에 숨겨져 있어요."

"황금을 만드는 검은 손가락……?"

그 순간 뇌리를 스치는 아티팩트가 있었다.

"설마 '저주 받은 왼손'을 말하는 건가?"

그러자 도승아가 고개를 끄덕였다.

"맞습니다. 전 세계에 딱 세 개밖에 없는 희귀 아티팩트죠. 그중 하나가 심혁필의 소유입니다."

〈저주 받은 왼손〉

[방어구][S등급] 왼손 장갑. 한 짝밖에 없지만 도리어 그래서 다행이라는 생각이 든다. 이 장갑으로 만지는 것들은 전부 금이 되거나 폭발해 버리니까.

효과 : 의념 +5

특수 : 귀속 스킬 '황금의 저주'를 72시간에 한 번씩 사용할 수 있다. 단, 대상은 무생물로 한정된다.

전 세계에 딱 세 개밖에 없는 아티팩트라는 말은 맞다.

아마 에콰도르와 남아프리카 공화국에 각각 하나씩 있고.

'아시아에서는 한국에 딱 하나 있는 걸로 알려져 있었는데.'

사실은 그게…… 분실 상태였다.

나는 얼굴을 찌푸릴 수밖에 없었다.

"심혁필이 훔친 거였구나. 훔친 물건이니까 위험하더라도 게이트에다 숨겨 두겠다고 생각한 거고. 하, 그런 거였어."

"정확합니다. 수현 씨는 어떻게 그런 것까지 알고 계신 거죠?"

"……내가 원래 주인을 알고 있거든."

그러자 도승아와 장유민의 눈동자가 화등잔처럼 커졌다.

"예? 저, 정석진 마스터를요?"

"정말인가요? 거짓말이죠?"

"믿기 싫으면 말고."

한국에 있는 '저주 받은 왼손'의 원주인은 이스케이프 클랜의 마스터이자, 대한민국 최고의 마법사라고 불리는 '정석진'이라는 중년 남자였다.

바로 나의 전 고용주이며, 내게 마법의 기초를 가르쳐 준 스승과도 같은 사람이었다.

'분명히 잃어버렸다고 했는데…….'

실은 숨겨진 사정이 있었던 것이다.

'도둑맞았다고 말하기 쪽팔리니까 잃어버렸다고 하신 거였어.'

정석진은 SSR급 헌터 중에서도 최상급에 속하는 거물 헌터였으나, 오로지 레이드에만 몰두하는 외골수 기질이 있는 사람이었다.

그가 건망증으로 '저주 받은 왼손'까지 잃어버렸다고 발표했을 땐, 또 한 건 저질렀구나 싶었다.

'그런데 사실은 그게 심혁필이 슬쩍한 거였단 말이지?'

이거 재밌네.

잔뜩 찌푸린 얼굴의 도승아와 장유민이 그것을 증언해 주었다.

"정석진에게 저주 받은 왼손을 훔친 심혁필은 황금을 대량으로 만들어 냈던 모양입니다."

"그걸 밑천으로 삼아서 우리 클랜을 만든 거고요. 이 건물과 채굴 장비는 엄청난 투자였겠죠."

"그리고 심혁필은 그 장갑을 라미아 게이트 어딘가에 숨겨 뒀습니다. 정확한 위치는 아무도 모르죠."

"반드시 지켜야겠다는 생각이었는지 고미정에게도 알려 주지 않았어요. 심재진은 알았으려나?"

알 만했다.

심혁필에게 '저주 받은 왼손'은 저주가 아니라 축복이었다.

'……클랜 이름을 블랙핑거로 정했을 만큼 끝내주는 축복.'

그러니까 모두에게 위치를 비밀로 해 뒀겠지.

"하, 무슨 놈의 노인네가 파도, 파도 괴담밖에 안 나오네."

"왼손도 잘라서 목구멍에 박아 줄 걸 그랬네요."

"어, 언니? 그건 좀……."

"좀 그런가?"

어쨌거나 그 아티팩트가 C등급 게이트인 '유혹하는 라미아의 안개 호수'에 숨겨져 있는 상태라고 했다.

거기에 아티팩트를 숨길 만한 장소라면…….

'호수의 밑바닥이겠군.'

하지만 그 호수 밑바닥은 너무 넓다.

그 때문에 빠른 수색을 위해서는 요령이 필요했다.

물론 나는 적당한 대책을 이미 가지고 있었다.

"오케이, 대충 알겠어."

나는 고개를 끄덕이며 여자들에게 작별을 고했다.

"그럼 일주일 뒤에 용인에서 만나는 걸로 하자. 이규란 헌터에게는 회복 잘하라고 전해 줘. 게이트 준비 착실하게 잘해 오고."

그러자 도승아와 장유민의 표정에 스치는 당황의 감정.

"수현 님은 어디 가시나요?"

"저희와 같이 계시는 게 아니었습니까?"

나는 조용히 웃었다.

"미안하지만 난 더 급한 일이 있어서. 걱정하진 마. 게이트에서 만나게 될 테니까. 그리고……."

나는 복도 저편에서 고미정과 맹렬한 눈싸움을 벌이고 있는 신우를 가리키며 말했다.

"너희는 곧 R3급 헌터를 하나 얻게 될 거야. 그러니까 안심해도 돼. 알겠지?"

"……네?"

도승아와 장유민은 멍하니 눈을 깜빡였다.

"갑자기 R3급 헌터라뇨?"

"어, 긴급 공개 채용이라도 하라는 말씀인가요?"

"그건 아니고."

안타깝지만 더 설명하기가 어렵다.

이건 당사자와도 제대로 이야기해 둔 부분이 아니었으니까.

하지만 장담하건대 그렇게 될 것이다.

'조만간 신우는 예전의 힘을 되찾게 될 거야.'

……여동생의 마력 체계 회복.

이제 여건이 모두 갖추어졌으니, 나는 지금부터 그 작업에 착수할 생각이었다.

첫 번째 발판은 이미 내 손 안에 들어와 있었다.

스마트폰으로 들어온 문자메시지가 바로 그것이었다.

[Web발신][차원통제청]

요청에 따라 레이드 클랜 '클로저스'의 설립이 완료되었습니다.

마스터 헌터 : beast.C(익명)

세컨드 헌터 : 현재 공석

소재지 : 서울특별시 성북구

※추가 증명이 필요합니다. 가까운 게이트 통제관에게 관련 증명을 제출하여 절차를 완료할 수 있습니다.

'……클로저스.'

드디어 나의 클랜이 만들어진 것이다.

옛 친구들과 만들었던 아마추어 클랜이 명실상부 프로 클랜이 되어 부활한 셈.

이제 첫발을 뗐을 뿐이지만 가슴이 뭉클해지는 기분이었다.

나는 서둘러 이코에게 전화를 걸었다.

"여보세요."

-여보세요? 어, 원호야. 문자 받았지?

녀석은 아무렇지도 않은 목소리였지만 나는 조금 달랐다.

"받았지. 고맙다."

44년 만에 돌아온 지구.

클로저스라는 이름은 나에게 꽤나 각별하게 느껴졌다.

비로소 뭔가가 시작되었다는 느낌이었다.

전화 너머의 이코는 피식 웃었다.

-고마우면 저녁에 삼겹살 말고 소고기 좀 먹자. 행정 절차는 끝났고, 레이드 실적 증명만 하면 된대.

"그 내용도 문자로 받았어."

-그럼 공략 예정으로 공시된 D등급, E등급 게이트 목록 추려서 보내 줄 테니까, 골라 보고 천천히 진행해 보자.

　하지만 나는 고개를 저었다.

　"아냐, 오늘 갈 거야. 지금 당장 알아봐 줘."

　그러자 이코가 당황한 목소리로 되물었다.

　-엥? 지금 바로? 뭐가 그렇게 급해? 내가 빌려준 마력석에 이자라도 붙일 거 같아서 그러냐?

　나는 피식 웃었다.

　"그게 아니고…… 신우의 마력 체계를 복구시키려고 그런다. 빠를수록 좋잖아?"

　-뭐라고……?

　잠시 침묵하는 이코.

　녀석은 믿을 수 없다는 목소리로 반문했다.

　-네가 망가진 마력 체계를 복구시킨다니? 그건 전례가 없는 일이야. 미국이나 중국, 유럽에서도 일부 회복만 성공했을 뿐인데…….

　"하지만 나는 미국이나 중국, 유럽에서 오지 않았지."

　난 털이 북슬북슬한 야수들의 세계에서 돌아온 사람이었다.

　그곳에서는 이미 마력 체계의 손상 문제에 대해 연구가 다 되어 있었고.

　다행스럽게도 마력 체계를 회복시키고 재정립할 방법 역시 완벽하게 고안되어 있었다.

그러니 신우의 문제를 해결해 주겠다고 나설 수 있었던 것이다.

"못 믿겠으면 지켜보기나 해. 아, 근데 섭외해 줄 게이트에 조건이 있어."

−무슨 조건인데?

"반드시 산악 지형이 있는 게이트로 섭외해 줘. 산이 크면 클수록 좋아. 아, 이왕이면 E등급 말고 D등급으로."

−음, 알았어. 산이 포함된 게이트란 말이지? 어려운 조건은 아니네. 그럼 D등급으로 알아볼게.

"그럼 수고."

−그래, 소고기.

……이 짜식이 진짜 먹고 싶은 모양이네.

그리고 10분 뒤, 내가 들어갈 게이트가 정해졌다.

〈선녀 원혼의 바위산〉

[게이트] 승천하던 중에 저주를 입고 떨어져 죽은 선녀 원혼이 지상에 남아 울부짖고 있습니다. 바위산을 지배하는 원령을 제거하십시오.

등급 : D등급

미션 :

1. 최대한 많은 적을 처치하십시오.

2. 미니 보스(알려지지 않음)을 제거하십시오.

3. 게이트 보스 '추락한 선녀의 혼'을 제거하십시오.

현재 상태 : 공략을 기다리고 있습니다. 남은 시간은 29일 2시간 27분입니다. 입장 가능 인원은 7명입니다.

그리고 이코에게서 날아온 메시지가 레이드 일정을 설명해 주었다.

[3시간 뒤. 서울 정릉 근처. 함께 들어가는 팀은 두 팀임. 따로 경계할 필요는 없을 듯.]

'좋아. 나쁘지 않네.'

급하게 구한 게이트였지만, 미리 이야기했던 것처럼 산악 지형이 충실하게 펼쳐져 있는 게이트였다.

이 정도 게이트라면 충분했다.

'시간도 적당하고.'

물론 더 높은 등급이었다면 더 좋았을 것이다.

지금 나의 전력이라면 B등급 게이트까지도 충분히 욕심을 내 볼 수 있었다.

하지만 안타깝게도 라이선스 때문에 D등급 게이트밖에 들어갈 수 없는 상황.

그래도 낙담할 필요는 없다.

'라이선스 업그레이드는 금방 할 수 있으니까.'

또 하위 등급 게이트에서는 나름대로 얻을 것이 따로 있는 법이었다.

그러니 나는 지금을 최대한 충실하게 이용할 작정이었다.

⌒

오후 3시.

서울 정릉 근처.

북한산 또는 삼각산이라고 불리는, 산줄기가 완만하게 바뀌는 지점에 일군의 헌터들이 모여 있었다.

바로 새로 발견된 D등급 게이트 '선녀 원혼의 바위산' 입구였다.

"자, 어느 정도 모이신 것 같으니까 인원 체크하겠습니다."

게이트 통제관의 외침에 헌터들이 어슬렁거리며 집합하기 시작했다.

그리고 그들 중 몇몇은 서로가 구면인 듯 날선 눈빛을 교환하며 으르렁거리고 있었다.

"어이, 현모 형! 오랜만이네?"

"김정균, 하필 너희 클랜이랑 만났구나, 쯧!"

……주현모와 김정균.

두 사람은 헌터들 사이에서 꽤나 유명한 라이벌이었다.

그들은 대한민국 3대 클랜 중 하나인 '붉은손' 클랜 출신으로서 본명이 알려져 있을 만큼 유망주로 인정받았던 이들이었지만…….

결국은 성장 부진과 도를 넘는 경쟁으로 인해 붉은손에서 방출되어 지금은 각자의 클랜을 설립하여 활동하고 있었다.

"현모 형, 아직 R3급이지? 여전하네."

"네놈도 다를 바 없다고 들었는데."

"흥, 그래도 난 R2급 목전까지 갔어. 다음 심사에선 올라갈걸. 댁 같은 노땅이랑 잠재력을 비교하는 건 실례지."

"지랄. 잠재력이 그렇게 대단한 놈이 여기서 이러고 있어? 역대급 ×빱으로서의 잠재력이냐?"

"오, 도발 뭐야, 형? 게이트 들어가기 전에 먼저 한번 해 보자 이거지?"

두 사람은 당장이라도 검을 뽑을 것처럼 으르렁거렸고…….

"게이트 안 들어가실 겁니까? 계속 싸우시면 적룡 클랜과 더 프라임 클랜은 통제관 직권으로 출입 허가를 취소할 수도 있습니다."

"……."

"……."

지켜보던 게이트 통제관들이 눈을 부라리자 비로소 조용해졌다.

한때는 거대 클랜의 루키들이었으나 지금은 소규모 클랜

의 마스터들.

차원통제청의 공무원들 앞에서 한없이 작아질 수밖에 없는 두 사람이었다.

"그럼 계속하겠습니다. 적룡 클랜에서 세 명. 더 프라임 클랜에서 세 명. 그리고……."

명단의 마지막을 확인한 통제관이 이맛살을 찌푸렸다.

"클로저스 클랜이 한 명인데……. 어디 계십니까?"

그러자 가장 뒤에 있던 남자가 가만히 손을 들며 대답했다.

"접니다."

바로 최원호였다.

모두의 시선이 일제히 뒤를 향했다.

"아, 그럼 라이선스 확인 좀 하겠습니다."

최원호의 헌터 자격증이 확인되는 동안, 저마다 다른 생각들이 떠올랐다.

'클로저스라고? 처음 듣는 것 같은데. 설마 혼자 온 건가? 지방에서 올라오기라도 했나?'

이것은 적룡 클랜의 마스터 주현모가 떠올린 생각.

'뭐야, 이 병신은? 장비도 허름하고……. 저딴 허름한 검으로 혼자 사냥을 해? 정신이 나갔군.'

더 프라임을 이끄는 김정균은 노골적으로 비웃음을 짓고 있었고.

'하아, 사망자 하나 나오겠네. F등급 라이선스면 E등급 게

이트나 갈 것이지! 꼭 이렇게 주제도 모르는 놈들이 하나씩 나오더라.'

게이트 통제관들은 속으로 한숨을 푹푹 내쉬고 있었다.

다른 동료 없이 혼자서 온 최원호가 당연히 죽어서 나올 것이라고 생각하고 있었던 것이다.

하지만 정작 최원호는…….

'더럽게 시끄럽네. 여우 권능은 꺼 둬야겠다.'

보름달 여우의 눈을 통해서 그 모든 생각들을 전해 듣던 중이었다.

동시에 그는 속으로 피식피식 웃고 있었다.

'이 녀석들, 생각이야 내가 엿본 거지만…… 그래도 표정은 좀 감춰야 하는 것 아닌가?'

모두 하나같이 잔뜩 찌푸린 표정으로 최원호를 바라보고 있었다.

게이트에 들어가지 않는 통제관들이야 그렇다 치더라도, '적룡'과 '더 프라임'의 헌터들이 감정을 드러내는 것은 꽤나 우스운 일이었다.

게이트는 미지의 공간이고, 낯선 헌터는 신원 불상의 괴인이다.

즉, 미지 안에서 미지를 만나는 극도의 위험이 이들을 기다리고 있는 상황.

'그런데 이렇게 노골적으로 적의를 드러낸다?'

좋게 말하면 미숙한 거고, 나쁘게 말하면 멍청한 것이다.

그리고 이런 자들은 결국 피와 눈물로 교훈을 얻게 되는 법.

'뭐, 재밌겠네.'

최원호는 게이트 통제관에게 시스템 메시지 일부를 보여 주었다.

인천에서 D등급 오크들을 사냥했다는 실적 증명.

이것을 제출하는 것이 클랜 설립의 마지막 절차였고…….

'D등급 미니 보스를 잡았잖아? 생각보다 실력이 있는 사람일지도 모르겠는데.'

차원통제청의 통제관은 최원호를 잠시 물끄러미 바라보다가 고개를 끄덕였다.

"네, 이상 없이 완료됐습니다. 그럼 게이트 출입을 시작하겠습니다."

지금껏 게이트를 막고 있던 바리케이드가 해제되었다.

"현 시간부로 적룡 클랜, 더 게이트 클랜, 클로저스 클랜. 총원 일곱 명의 입장을 허가하겠습니다. 아무쪼록 안전에 주의하며 게이트를 공략해 주시기 바랍니다."

동시에 헌터들의 눈앞으로 시스템 메시지가 떠올랐다.

[안내 : D등급 게이트 '선녀 원혼의 바위산'에 입장할 수 있습니다. 입장하겠습니까?]

"입장."

"입장하겠다."

게이트 입장이 시작된 그 순간.

최원호는 두 클랜의 헌터들을 위한 권능을 불러내고 있었다.

여동생의 치료제를 순조롭게 만들기 위해서는…… 가장 먼저 이들에게 약간의 협조를 구할 필요가 있었던 것이다.

내가 동생의 마력 체계를 당장 회복시켜야겠다고 생각한 이유는 또 하나 있었다.

'고미정이 왜 일주일이라는 시간을 던졌을까?'

당장 내일 하자고 우겨도 되는 일이었다.

그런데 굳이 일주일 뒤에 하자고 했다는 것은 꽤나 의미심장한 부분이었다.

'……뭔가를 준비할 시간이 필요하다는 거겠지. 신인류에게 도움이나 지령을 받기 위해 필요한 타이밍일 수도 있어.'

그래서 나는 도승아와 장유민에게 고미정의 일거수일투족을 꼼꼼하게 지켜보라고 해 두었다.

혹시라도 클랜 하우스 안에서 뭔가 수작을 벌인다면 즉시 잡아낼 수 있도록 말이다.

지금은 그들이 블랙핑거의 지배권을 가지고 있으니 클랜 하우스 곳곳에 눈과 귀를 심는 것도 그리 어렵지 않은 일이 었다.

하지만.

'클랜 하우스 밖에서는?'

고미정이 퇴근한 뒤로는 꼬리를 잡기가 어려워질 수밖에 없었다.

오히려 밖에서 일을 꾸밀 확률이 더욱 큰데도 말이다.

그래서 나는 한시라도 빨리 신우에게 마력을 되찾아 주기로 결정했다. 녀석이 가진 스킬이 필요했으니까.

'심층 기억 제어.'

이른바 '사이코메트리'라고도 알려져 있는 이 스킬은 신우가 어릴 때부터 쏠쏠하게 사용하던 능력이었다.

이 스킬을 사용하면 사물의 기억이나 공간의 기억을 일부 읽어 낼 수 있게 된다.

고미정의 스마트폰을 건드리기만 해도 그 여자가 무슨 내용의 통화를 했었는지 확인할 수 있었다.

'당연히 추적이 훨씬 쉬워지게 되겠지.'

분명 성과를 거둘 수 있을 것이다.

나는 그 예감을 느꼈기에 이 작업에 과감히 뛰어든 참이었고, 이제 본격적으로 치료제를 구할 차례였다.

[안내 : 어지러움에 주의하십시오.]
[알림 : D등급 게이트 '선녀 원혼의 바위산'에 입장했습니다.]

짧은 현기증과 함께 게이트를 넘어온 그 순간.
'미안하지만 너희는 여기서 좀 기다려 줘야겠다.'
나는 헌터들을 향해 곧바로 권능을 개시했다.
맹세컨대 공격은 아니었다.
내가 펼친 것은 오히려 축복이었다.

[권능 : '늙은 바다거북의 등껍질'.]
[정보 : 강력한 방어력을 획득합니다. 수중에서의 이동속도가 획
기적으로 증가합니다.]
[정보 : 단. 육상에서의 이동속도가 극도로 저하됩니다. 권능의
효과는 부여된 등껍질의 내구도에 따라서 유지됩니다. 단. 최대 지
속 시간은 1시간입니다.]

방어력과 수중 이동속도가 확 올라갔다.
내가 이들에게 부여한 '바다거북의 등껍질'은 굉장한 성능
의 버프였다.
'단지 육지에서는 느려질 뿐이지.'
물론 내가 원하는 것은 그 부작용이었다.
헌터들의 발을 잠시 묶어 놓고 내가 먼저 움직이는 것.

내 의도는 정확하게 이루어졌다.

"뭐, 뭐야? 방금?"

두 클랜의 헌터들은 즉시 반응했다.

"뭔가 이상한 마력이 스며들었는데?"

"몸이 느려졌잖아? 누구 짓이지?"

멍청한 얼굴로 두리번거리던 헌터들은 서로를 향해 눈살을 찌푸리며 입씨름을 시작했다.

"현모 형, 뭐 하는 거야? 첫판부터 장난질이야? 당장 한따까리 해 보자 이거지?"

"김정균! 너야말로 치사한 짓거리 좀 그만해라! 감히 이딴 사술을!"

그러면서 그들은 각자의 마법사들에게 손짓했다.

어서 디스펠을 써서 이 저주를 풀어 버리라는 뜻이었다.

하지만 거북의 권능은 그렇게 풀리는 것이 아니었다.

애초에 저주가 아니었으니까.

"어? 마스터, 죄송한데 이거, 안 풀리는데요?"

"우와, 이게 무슨 마법이지? 완전 처음 보는 형태의 기술인데······?"

서로를 향해 어리둥절한 표정이 된 헌터들.

나는 피식 웃으며 그들 사이로 몸을 움직였다.

"먼저 갑니다. 수고들 하세요."

그러자 주현모와 김정균의 얼굴이 딱딱하게 굳어지기 시

작했다.

최원호가 바위산을 향해 사라진 뒤.

"으으으……."

"씨바, 이게 무슨 꼴이야!"

주현모와 김정균의 일행들은 거북이처럼 느릿느릿 걸음을 옮기고 있었다.

갑자기 걸어가는 속도가 어마어마하게 느려져 버렸으니, 경쟁적으로 달리기라도 해서 상대편을 이기려고 해 봤지만…….

'도긴개긴이군.'

'괜히 힘만 쭉쭉 빠질 뿐, 속도는 안 붙어!'

어쩔 수 없다는 것을 확인한 뒤로는 그저 상대편에게 뒤쳐지지 않는 것 정도로 목표를 수정한 상태였다.

그사이에 양 클랜의 마법사들은 '늙은 바다거북의 등껍질'을 약간이나마 이해하기 시작한 상태였다.

"마스터, 이거 해를 끼치는 저주는 아닌 것 같습니다."

"오히려 방어력을 엄청나게 증강시켜 주는 효과가 있는 것 같아요. 이거 보세요."

더 프라임의 후방 지원을 맡은 소년 마법사가 단검으로 자신의 팔뚝을 툭툭 두들겨 보았다.

시퍼렇게 날이 선 칼에 당장이라도 상처가 생길 것 같았지만.

깡! 깡!

"……보셨죠?"

마치 깡통을 두들긴 것처럼 경쾌한 쇳소리가 돌아왔다.

적룡과 더 프라임의 헌터들은 비로소 어렴풋하게나마 이 축복 아닌 축복의 효과를 이해할 수 있었다.

'방어력을 올려 주는 대신 이동속도를 너프시키는 거야.'

'극단적이긴 하지만 효과는 엄청난데?'

그리고 각각 서로가 범인이 아니라는 것도 알아차렸다.

'쟤들은 이런 거 못 해.'

'프리스트도 아니고 N2급 마법사가 이런 버프를? 절대 불가능이지.'

양측은 라이벌인 만큼 상대의 역량에 대해서도 잘 알고 있었던 것이다.

그리고 무엇보다도, 바보가 아니고서야 상대와 자신에게 똑같은 기술을 걸어서 똑같은 상황에 빠져 있을 이유가 없었다.

범인은 자연스럽게 추려졌다.

"아까 그 사람……."

"클로저스 클랜이라고 했지?"

저마다 다른 생각에 잠긴 주현모와 김정균.

두 사람은 '그 헌터'에 대해 전혀 알지 못했지만······.

'조심스럽게 접근해 봐야겠어.'

'어쩌면 기회가 될 수도 있겠는데!'

각자 나름대로 이 상황을 유리하게 이용하기 위해서 머리를 굴리기 시작했다.

나는 바위산을 오르고 있었다.

숨이 턱까지 차오르는 중이었다.

이런 지형에서는 부족한 체력이 극단적으로 드러나기 마련이었다.

"후우우, 스탯을 빨리 보강하든지 해야지. 정상에 도달하기도 전에 퍼지겠네."

당연한 말이지만 체력이 떨어져 지친 상태에서 기습이라도 받게 되면 제대로 싸우기가 힘들었다.

그러니 지금은 꽤나 매우 위험한 상태라고 할 수 있었다.

하지만 특별히 걱정하지는 않았다.

'어차피 게이트 보스는 산 정상에 있고. 보스를 처리하는 건 천천히 해도 괜찮은 일이니까.'

특히 이 게이트의 타입을 생각해 보면 지금 이 시간대에는 따로 걱정할 필요가 없었다.

이 '선녀 원혼의 바위산'이라는 D등급 게이트는 기본적으로 '유령' 타입에 속한다.

창덕궁의 좀비 게이트가 '언데드' 타입으로서, 되살아난 시체들이 헌터들에게 덤벼드는 곳이었다면.

이 게이트의 주요 몬스터들은 비정상적인 영적 파장에 존재 근거를 두고 있는 귀신들이었다.

이들은 해가 떠 있을 때에는 10% 이하로 전력이 감소하는 '야행' 특성을 달고 있어서 낮 시간에는 출몰하지 않는 것이 보통이었다.

'강력하게 어그로를 끌면 나오기도 하지만, 그땐 사냥이 너무 쉽지.'

때마침 지금은 태양이 중천에 떠 있는 상황.

그런 까닭에 바위산의 유령들은 코빼기도 보이지 않고 있었다.

아까 함께 들어온 헌터들까지 떼어 놓았으니, 나는 어떤 방해도 받지 않고 바위산을 오를 수 있었다.

"어디 보자. 산의 형태가……."

한참 산을 오르다가 잠시 고개를 든 나는 산세를 훑어보고 고개를 끄덕였다.

'저쪽으로 가야겠다. 골짜기가 적당히 깊숙하겠어.'

지금 내가 찾고 있는 것은 적절한 깊이로 파인 산골짜기였다.

신우의 마력 체계를 복구시킬 치료제는 이곳 게이트의 지형과 밀접한 관련이 있었다.

좀 더 정확히 말하자면.

'거대한 땅을 지배하는 특별한 정령력이 필요해.'

정령력.

물, 불, 바람, 땅, 빛.

자연 환경을 이루는 다섯 원소의 힘.

이들은 모든 게이트에 공통적으로 존재하는 자연 에너지였다.

마력보다 강력하지만, 인간이 길들일 수 없는 야생적인 힘이기도 했다.

나는 이 중에서 땅의 에너지가 풍부한 곳을 찾아내야만 했다.

어려운 일은 아니었다.

이 게이트는 거대한 바위산이 우뚝 서 있는 덕에 자연스레 땅의 정령력이 가장 우세한 곳이었다.

내가 이코에게 산악 지형의 게이트가 필요하다고 했던 것은 그런 이유에서였다.

'산이 크면 클수록 땅의 에너지가 강력하고, 그럴수록 치료제의 효능 역시 강해지니까.'

특히 마력 체계를 회복시키기 위해서는 큰 산의 영향력이 반드시 필요했다.

다행스럽게 이코는 지금 시점에서 가장 좋은 게이트를 골라 주었다.

저벅저벅.

내가 수풀이 우거진 골짜기를 향해 다가가던 그때.

샤아아아!

날카로운 귀곡성과 함께 에너지 덩어리가 내 앞으로 달려들었다.

나는 반사적으로 해청을 뽑아 휘둘러 그것을 쪼개어 버렸다.

그러자 툭 떠오르는 시스템 메시지.

[알림 : 은신 상태의 D등급 몬스터 '억울한 원혼'을 처치했습니다.]

[알림 : 칭호 '진실을 꿰뚫어 보는 자'가 복구됩니다!]

[정보 : 지력 스탯에 보너스가 1만큼 주어집니다.]

유령을 베어 버린 해청이 목소리를 냈다.

-주인! 여기 잠든 원혼들이 점점 많아지는 것 같아. 밤이 되면 살벌하겠는데?

"네가 그런 것도 감지할 수 있다니, 대단한데."

-왜 이래? 나 해태야! 사이한 것을 몰아내는 신수 중의 신수라고!

"아, 그랬지."

평소엔 워낙 댕댕이라서 미처 생각하지 못했다.

그리고 놀랍게도 해청은 땅의 정령력까지 탐지하기 시작했다.

-원혼도 많지만, 이 땅 아래로 흐르는 또 다른 힘도 느껴져. 희미했는데 점점 커지고 있는 느낌이야.

"어떻게 커지는 느낌인데?"

-뭔가 조그만 녀석들이 우글우글 모여드는 느낌?

……정확했다.

"그게 땅의 정령들이야."

바로 정령력이 집중되고 있다는 증거였다.

나는 골짜기 가장 깊은 곳으로 들어섰고, 기묘한 힘의 폭풍을 느낄 수 있었다.

해청이 폭풍의 정체를 짚어 냈다.

-힘의 충돌이야. 여기엔 정령의 힘도 강하게 흐르고 있지만, 원혼들 중에서도 무지 큰 녀석이 하나 돌아다니고 있어. 밤이 되기 전에 깨어날 수도 있겠는데?

"그래?"

밤이 오기 전에 끝낼 수 있을까?

'그건 해 봐야 알겠지.'

나는 골짜기의 중심부를 향해 천천히 다가섰다.

그러고는 지면 위에다 그림을 그리기 시작했다.

마법진은 아니었다.

이것은 어떤 마법적 효과를 만들어 내기보다는, 여기에 존재하는 땅의 정령들에게 나의 의지를 전달하는 메시지에 가까웠다.

메시지는 다음과 같았다.

시험을 통해 친구의 자격을 인정받고, 땅의 힘을 나누어 받기를 요청한다.

땅의 정령력 중에서도 특히 높게 솟은 산악 지형에 흐르는 힘.

그 에너지를 고밀도로 집약한 것이 망가진 마력 체계를 회복시킬 치료제였다.

원리는 생각보다 간단하다.

'땅은 어머니 대지라고도 불리잖아?'

대지는 모든 지상 생명체들의 원천이자 터전이다.

그만큼 무궁무진한 생명력을 가지고 있고, 다양한 힘으로 꿈틀거리는 거대한 존재였다.

특히 산은 인간과 닮았다.

중력의 반대 방향을 향해 몸을 세우고 갖가지 광맥과 수맥을 비롯한 힘의 흐름을 품고 있다는 점에서, 온몸에 마력의 길을 휘감고 있는 인간과 비슷했다.

그러므로 큰 산에 깃든 땅의 정령력을 집약해서 흡수하는 행위는 인간의 마력 체계를 재정립하는 시동 동작과 같았다.

'……물론 땅의 에너지를 다스리는 고위 정령에게 허락을 구하는 것이 먼저 이루어져야 하는 거고.'

그래서 나는 땅에다 그림을 그려 메시지를 전한 것이었다.

시험부터 치르겠다고.

'그러니 나에게 모습을 보여라.'

다음 순간, 정령은 부름에 응답했다.

쿠구구구구……

지표면이 서서히 갈라지며 뭔가가 모습을 드러내기 시작했다.

이 게이트의 산과 땅을 대변하는 지(地)정령의 등장이었다.

나는 해청의 칼자루를 움켜쥐며 생각했다.

'……이 정도 크기의 산이라면 분명 중급이겠지.'

중급 지정령은 다소 까다로운 존재였다.

사실 물이나 불의 정령은 상급부터 인간형으로 성격이 까탈스럽고, 그 이하에서는 무난했는데.

'땅의 정령은 중급부터 비협조적이야. 특히 자신보다 격이 낮은 존재라고 인식한다면 더더욱.'

그러니 나에게 제법 어려운 미션을 줄 확률이 높았다. 옛 경력이 어떻건 간에, 지금의 나는 레벨 14에 불과했으니까.

하지만 어떤 미션이 주어지든 나는 완벽하게 수행할 자신이 있었다.

그렇기에 잠자코 기다렸다.

"……."

해청의 칼자루를 쥔 채, 서서히 머리를 내미는 땅의 정령을 가만히 노려보며 생각했다.

'자, 나와라.'

하지만 막상 그 존재가 등장한 순간.

"어? 어어?"

나는 눈을 의심하며 물러서고 말았다.

'뭐야? 이거 뭔데?'

땅을 뚫고 모습을 드러낸 정령을 확인하자 모든 생각이 멈춘 탓이었다.

〈……그대가 나를 불러냈나.〉

나타난 정령은 관능적인 아름다움이 흐르는 중년 여성이었다.

그래서 난 그대로 얼어붙고 말았다.

이 여자는 한낱 중급 정령 따위가 아니었다.

야수계의 두더지 수인들이 소환하는 것을 봐서 알고 있었다.

"정령왕……?"

〈그렇다. 나는 땅의 정령왕, 테라르나. 그대의 부름에 응한 자다.〉

여왕은 나를 향해 빙긋 웃었다.
동시에 떠오르는 시스템 메시지까지.

　[알림 : 특별한 존재 '땅의 정령왕, 테라르나'를 소환하는 것에 성
공했습니다.]
　[업적 : 이 세계에서 처음으로 등장한 존재입니다!]
　[알림 : 새로운 칭호 '정령왕의 소환자'가 주어집니다!]
　[정보 : 모든 스탯에 +1만큼 보너스가 주어집니다.]

이거 왜 진짜냐?
어안이 벙벙한 나를 향해 테라르나는 고개를 갸웃거렸다.

　〈이상하군. 고작 이런 곳에서 그런 격을 가지고 나를 불러내다
니. 실로 기적이라고밖에 할 수 없는 일이다.〉

나 또한 동감이다.
여긴 D등급 게이트고, 나는 아직 20레벨조차 도달하지 못
한 뉴비급 헌터였다.
'그런데 정령왕이라니?'
말 그대로 정령의 왕이다.

물, 불, 바람, 땅으로 이루어진 4원소에 각각 하나씩만 존재하는 대정령.

'근데 지금 내가 땅의 정령왕을 소환한 거야? 내가 모르는 사이에 정령 감응력이 올라가기라도 했나?'

말도 안 되는 소리.

사실 나는 근본적으로 정령과 가까워질 수 없는 헌터였다.

'물의 정령왕과는 악연이 있기도 하고.'

에쿠르.

4원소 중에서도 물을 주관하는 여왕과는 안면이 있었지만, 그리 기꺼운 사이가 아니었다.

오히려 나쁜 관계라고 해야 했다.

그만큼 나는 정령과는 인연이 없는 입장이었기에 지금의 상황을 쉽게 이해할 수 없었다.

-우와, 미친. 개이뻐.

손안에서 해청이 괴상한 감탄을 늘어놓고 있었다.

그러자 테라르나가 의미심장한 미소를 지으며 고개를 끄덕였다.

〈흐음, 동쪽 바다의 신수가 검에 깃들어 있군. 잠깐만. 오, 그래! 어째서 그대가 이곳에서 나를 불러낼 수 있었는지 알 것 같아. 이거 대단히 흥미롭군······.〉

"음? 알 것 같다고? 이유가 뭔데?"
하지만 정령왕은 심술궂게 웃었다.

〈그건 비밀이다. 으하하하!〉

"장난하나, 이 양반이."
나는 눈살을 찌푸렸지만 테라르나는 깔끔하게 무시했다.
그리고 이렇게 말하는 것이었다.

〈그대는 정령의 시험을 원해서 날 불러낸 것이 아니었나? 우린
계약 관계가 아니니, 용건만 간단히 했으면 좋겠는데.〉

정령의 시험!
그 말에 비로소 정신이 돌아오는 느낌이었다.
나는 신우의 치료제를 만들기 위해서 움직이던 중이었다.
'어째서 정령왕이 소환됐는지는 모르겠지만, 일단 치료제
부터 확보하고 생각해 보자.'
나는 테라르나를 향해 고개를 끄덕였다.
"맞아. 너희 땅의 정령들에게 시험을 받고 힘을 빌리고 싶
다. 어떤 시험이든지 상관없어."
그러자 정령왕은 피식 웃었다.

〈어떤 시험이든 상관없다니. 제법 패기가 있군. 마음에 든다.〉

격의 차이가 클수록 오만하기 마련인데.
뜻밖에도 여왕은 나에게 호의적인 태도였다.
테라르나는 잠시 주변을 스윽 둘러보더니 입을 열었다.

〈그래, 마침 맡기고 싶은 일이 하나 있다. 그러나 위험을 감수해
야 할 것이다. 괜찮겠나?〉

나는 곧바로 고개를 끄덕였다.
어차피 다른 선택지는 없었으니까.

〈그대가 이곳을 떠도는 거대한 원혼령을 제거해 주었으면 한다.
그러면 우리의 힘을 빌려주겠다.〉

테라르나가 말을 마치자 시스템 메시지가 떠올랐다.

[알림 : 특별한 존재에 의한 개별 미션이 활성화되었습니다.]
[미션 : 이 일대를 떠도는 몬스터 '처형당한 민병대장의 원혼'을
처치하십시오.]
[정보 : 해당 미션의 대상은 게이트의 미니 보스입니다.]

그러니까 미니 보스를 사냥하란 이야기였다.

마침 잘됐다.

'어차피 이번엔 미니 보스가 게이트 미션 중 하나였으니.'

나는 천천히 고개를 끄덕이자 정령왕은 당부의 말을 남기고 사라졌다.

〈내일 아침의 해가 떠오르기 전까지 수행하도록. 만약 실패하는 경우, 다음 시험은 없을 것이다.〉

'기회는 딱 한 번.'

물론 자신 있었다.

나는 차질 없이 미니 보스를 잡아 내고, 친구의 자격을 얻어 내서 정령왕에게 직접 물어볼 작정이었다.

'……대체 어떻게 이곳에 나타난 건지.'

그리고 나에 대해 뭘 알고 있는지.

어쩌면 새로운 비밀 하나를 알게 될지도 모르겠다는 생각이 들었다.

서울 여의도.

병실에 앉은 이규란은 의료진으로부터 진료를 받고 있었다.

하지만 왠지 곤란한 상황이었다.

"상처가 참 특이하네요. 베인 것도 아니고, 쥐어뜯은 것도 아니고."

"네, 그렇죠……."

"연구 목적으로 여쭤보는 건데, 혹시 대답해 주실 수 있나요? 어떤 몬스터에게 당하셨는지, 또 어떤 무기였나요? 언뜻 보기에는 날카로운 발톱 같은 것으로 보이긴 합니다만."

"……."

자신의 상처를 진찰하는 여의사로부터 질문 세례를 받고 있었던 것이다.

하얀 가운을 입은 그녀의 태도는 꽤나 정중했지만.

"흐음, 역시 좀 그런가요? 이규란 헌터님이 말씀해 주시면 마력 의학의 발전에 큰 도움이 될 텐데…… 안 될까요? 부탁 좀 드리겠습니다."

미묘하게 집요한 구석이 있었던 것이다.

'윤희원'이라는 명찰을 단 의사는 어쩐 일인지 끈질기게도 이규란의 상처에 대해 캐묻고 있었다.

'원래 백십자 클랜의 의사들이 이렇게 연구에 집착하는 사람들이었나?'

……아니었던 것 같은데.

어쨌거나 질문에 대답을 줄 수 없었던 이규란은 윤희원의 시선을 피하기에 급급했다.

"죄송하지만 이 부분은 저희 클랜의 보안 사항이라서요. 게이트 내부에서 있었던 일은 말씀드릴 수가 없습니다."

바로 최원호의 공격으로 인한 상처였으니까.

그녀의 상처는 심혁필과 신인류에게 종속되었다가 풀려나는 과정에서 생겨난 것이었다.

게다가 현재 이규란은 최원호를 게이트 테러리스트 '백수현'으로 알고 있는 상황.

그의 비밀을 유지하기 위해서는 입을 다물 수밖에 없었다.

"이해해 주시면 좋겠네요. 죄송합니다."

"……그렇군요. 알겠습니다."

윤희원은 쓸쓸하게 웃었다.

"뭐, 게이트 안의 경험은 클랜의 자산이니까요. 비밀로 하시는 것도 이해합니다. 그래도 나중에라도 마음이 바뀌시면 불러 주세요. 제가 개인적으로 사례할게요."

'응? 사례까지 한다고?'

뭔가를 짚어 낸 이규란이 눈을 깜빡이며 되물었다.

"선생님, 혹시 프로 헌터 데뷔 준비하시나요? 왠지 자료 조사라도 하는 느낌인데요?"

"……!"

순간 정곡을 찔린 윤희원의 눈동자가 살짝 커졌다.

"그, 그렇게 티가 났나요?"

"어쩐지……. 수련 자료를 모으시는 거였군요."

"하하, 얼마 전에 창덕궁 좀비 게이트 사건 아시죠? 사실 제가 거기 있었어요."

"아, 그 폐쇄 사건요?"

"네, 그때부터 진지하게 수련 자료를 모으는 중이에요. 어떤 남자를 보면서 깨달은 게 있었거든요. 나도 강해져야겠다는 생각이 들었어요."

"……?"

윤희원은 백십자 메디컬 클랜의 마스터인 윤동식의 외동딸이었다.

또한 앞날이 창창한 마력 의학과의 전문의이기도 했다.

'그런데 강해져야겠다는 생각이 들었다고?'

……더 이상 강해질 필요는 없는 것 같은데.

이규란은 묻지 않을 수 없었다.

"그 어떤 남자가 누군데요? 무슨 일이 있었나요?"

그러자 윤희원은 생긋 웃으며 대답을 회피했다.

"죄송하지만 저도 비밀이에요. 개인적인 경험이라서."

"아……."

이규란은 피식 웃었다.

아까의 거절을 그대로 돌려받은 셈이었으니까.

윤희원은 생글생글 웃으며 간단하게 설명했다.

"그냥 어떤 남자가 저를 비롯한 사람들을 구해 줬고, 그래서 나도 강해져야겠다는 생각을 했다고 해 둘게요."

"……."

그 말에 이규란은 묘한 기시감을 느꼈다.

지금 그녀 또한 비슷한 상황이었으니까.

"그렇군요. 저도 알 것 같은 마음입니다."

"호호, 그래요?"

윤희원은 자리에서 몸을 일으키며 미소를 지었다.

"그럼 회복 잘하시고요. 혹시 환부에 심한 열감이 있거나 진물이 너무 많이 나오는 것 같으면 불러 주세요. 식사 잘하시고요."

"네. 감사합니다, 선생님."

두 여자는 자신들의 진실에 대해서 까마득하게 모른 채 서로를 떠났다.

……그들의 공통점.

두 사람이 각기 만난 '그 남자'가, 사실은 같은 인물이라는 것을 전혀 알 수 없었던 것이다.

⁂

또 귀가 가려웠다.

왠지는 모르겠는데, 이번 게이트에서는 자꾸 귀 근처를 긁적이고 있었다.

'어쩌면 여기 어딘가 들개들이 돌아다니고 있을 수도 있

겠어.'

나는 다양한 가능성을 떠올리며 산비탈 아래로 발걸음을 옮기고 있었다.

땅의 정령왕 테라르나가 내 준 그 미션을 수행하기 위해서였다.

[알림 : 권능 '탐색자 고양이의 수염'이 제한적으로 작동하고 있습니다.]

[정보 : 미니 보스 '처형당한 민병대장'이 가까이에 있습니다.]

하지만 그 보이지 않는 유령은 나를 피해 열심히 달아나는 중이었다.

"흐음……."

나는 잠시 고개를 들어 태양의 위치를 확인했다.

이제 해는 산등성이 가까이로 슬슬 가라앉고 있는 상황.

'일몰까지는 30분 정도 걸리겠네.'

사실 일몰이 이루어지고도 완전한 밤이 찾아오기까지는 상당한 시간이 걸린다.

서쪽 하늘을 밝히는 산란광이 있기 때문이다.

'보통 7시나 8시는 되어야 확실하게 저녁이라고 할 수 있 잖아?'

하지만 게이트 안에서는 이야기가 조금 달랐다.

이곳에선 태양이 지평선을 넘어서면 밤의 그림자가 순식간에 땅을 뒤덮어 버린다.

E등급 게이트 '중세 좀비의 창궐지'처럼 태양이 아예 존재하지 않는 게이트도 있고, 반대로 밤이 찾아오지 않는 게이트도 있지만.

여기처럼 해가 움직이는 게이트에서는 마치 연극의 무대 배경이 바뀌는 것처럼 신속하게 밤낮이 교대되었던 것이다.

지금이 바로 그때였다.

-주인, 어두워지고 있어. 유령들의 존재감이 강해지는데?

해청이 말한 대로였다.

산세에 어둠이 스미자 불쾌한 힘의 흐름이 꿈틀거리며 일어나고 있었다.

'……원혼령들.'

해가 떠 있을 때는 거의 출몰하지 않고, 설령 나타나더라도 '야행' 특성 때문에 원래 전력의 1할밖에 발휘하지 못하는 것들이었다.

그리고 그 말을 뒤집어 보면…….

'밤이 된 순간부터 미친 듯이 쏟아져 나오는데, 낮보다 열 배로 강해진 몬스터들이란 뜻이지.'

그 때문에 만만하게 생각했다가 궁지에 몰려서 비명횡사하는 헌터들이 적지 않았다.

특히 지금 내가 서 있는 산골짜기는 미니 보스의 출몰 지역이기 때문에 원혼령의 수준도 더 높았다.

다른 헌터들이라면 피하고 싶은 장소일 것이다.

'민병대장도 힘을 회복하자마자 다른 원혼령들과 함께 달려들 계획인 것 같고 말이야.'

하지만 나는 유유자적 걷고 있었다.

지정령이 나에게 미션을 주자마자 난 곧바로 준비를 시작했다.

이 '낮져밤이'의 유령들을 위한 맞춤형 전략이 필요했다.

사실 무자비하게 유사 태양광을 쏟아 내서 힘으로 원혼령들을 녹여 버릴 수도 있겠지만……

'그건 낭비가 너무 크잖아?'

이다음에 게이트 보스가 기다리고 있다는 것을 고려하면 그런 힘 대결은 좋은 선택지가 아니었다.

그리고 원혼령들의 취약점을 공략하는 가장 경제적인 방법은 아주 가까이에 있었다.

'얼룩무당나무, 정글신내림풀, 회색축복선인장……'

바로 이 바위산에 뿌리를 박고 있는 초목들.

지천에 무성하게 자라난 풀떼기들이 원혼령들을 공략법이었다.

이 식물들은 낮 동안 태양빛의 신성력을 축적하는 특별한 광합성을 한다.

즉, 빛의 힘을 머금고 있는, 일종의 저장소 역할을 하는 것이다.

그럼 헌터는 이파리들을 으깨서 낸 즙을 칼날에 바르기만 하면 끝이었다.

'무기에 일종의 빛 속성 버프를 입히는 거지.'

물론 그리 강한 버프는 아니다.

하지만 D등급 원혼령들을 처리하는 데에는 이걸로 충분했다.

흥미롭게도 이 식생들은 원혼령들의 출몰 지점 근처에 서식했다.

이건 문제와 해답이 함께 있는 셈이다.

'늘 그런 건 아니지만, 게이트는 이런 식으로 문답을 동시에 제시할 때가 있어.'

……그 이유 역시 좀처럼 알 수 없었지만 말이다.

어쨌거나 나는 몇몇 식물들을 채취한 뒤 열심히 찧고 빻아서 걸쭉한 녹즙을 만들었다.

그리고 해청의 칼날 표면에 꼼꼼하게 발라 두었다.

-우에에엑! 맛없어!

"쭉 마셔. 몸에 좋은 거니까."

-그럴 리가 없잖아! 이 악당 주인!

"후후후후……."

이걸로 원혼령에 대한 대비는 완벽하게 갖춘 상태.

[경고 : 미니 보스 '처형당한 민병대장의 원혼'이 등장합니다!]

'그래, 나왔구나.'

난 조용히 미소를 지으며 해청의 칼날을 앞으로 겨누었다.

소용돌이와 함께 나타난 영적 파장이 인간의 형태를 이루고 나에게 귀곡성을 토해 냈다.

갸아아아아아아!

빛이 바랜 녹색 군복을 입은 남자의 유령은 피가 뚝뚝 떨어지는 총칼을 앞세운 채 나에게 덤벼들었다.

'총검술이란 말이지.'

그렇다면 '무의' 특성을 최대한 활용해서 정면으로 부딪쳐 보자.

레벨이 서서히 오르며, 나는 슬슬 예전 스킬들을 사용할 수 있게 되고 있었다.

묵직한 장총에다 장착한 칼날을 빠르게 휘두르는 원혼령은 분명 힘과 속도를 모두 갖춘 상대였지만…….

[알림 : 특성 '무의'가 반응하고 있습니다.]

[스킬 : '광성천검'.]

나의 마력이 해청의 칼날과 전신을 물들이자, 미니 보스도 평범한 상대로 전락할 수밖에 없었다.

―우와아앗! 힘이 넘친다!

해청의 고함과 함께 나는 지면을 꾹 눌러 밟으며 놈에게 뛰어들었다.

그리고 횡으로 검을 짧게 휘둘러 원혼령의 방어 자세를 밀어냈다.

―……!

그러자 원혼령은 후면으로 미끄러지듯 물러나며 총검의 방향을 바꾸어 내 어깨를 노렸다.

내가 달려드는 힘을 거꾸로 이용해서 오른쪽 어깨를 찢겠다는 움직임.

살아생전에 무술을 꽤나 익힌 원혼령인지, 그것은 지극히 타당하고 깔끔한 대처였다.

하지만 상관없었다.

'이 검술은 인간의 상식을 파괴하며 움직이니까.'

나는 어깨를 순식간에 뒤집으며 몸을 회전시켰고…….

서걱!

순간적으로 왼손으로 옮겨진 해청의 칼날이 유령의 팔뚝을 잘라 버렸다.

이렇듯 나의 검술은 기본적인 검술의 형태를 완전히 벗어난 스킬이었다.

〈광성천검(狂猩千劍)〉

[스킬] 미친 원숭이의 움직임에서 비롯되어 천변만화(千變萬化)
하는 성질을 가진 검술이다.

현재 마력의 총량이 부족하여 1할가량을 사용할 수 있습니다.

인간의 싸움법이라기보다는 야수의 본능적인 사냥법에 가
까운 기술.

그리고 좀 웃기는 일이긴 했다.

'내가 직접 만든 검술을 10분의 1밖에 사용할 수 없다니.'

사실 방금은 그 '10분의 1'을 조금 초과한 움직임이었다.

그 결과, 고작 한번 검을 휘둘렀을 뿐인데 반작용이 일어
나 마력 효과가 단숨에 휘발되어 버리고 말았다.

[안내 : 스킬 '광성천검'에 필요한 마력이 복구되고 있습니다.]

[안내 : 5초 뒤에 사용할 수 있습니다.]

생사가 오가는 순간에 5초는 어마어마하게 긴 시간이다.

하지만 승기는 이미 나에게 기울었다.

그아아아아……!

보통 유령 타입의 몬스터는 몸체가 훼손되더라도 순식간
에 복구된다.

물질적인 육체가 아니라, 에너지의 집합으로 영적인 몸체
를 이루고 있기 때문이다.

하지만 지금 '처형당한 민병대장의 원혼'은 좀처럼 몸을 회복하지 못하고 있었다.

이게 바로 녹즙 코팅의 효과였다.

영체를 베는 순간, 칼날에서 옮겨 간 빛의 신성력은 원혼령의 회복력을 철저히 무력화시켰고.

[알림 : '광성천검'을 다시 사용할 수 있습니다.]

5초의 시간쯤은 너끈히 벌어 줄 수 있었다.

'자, 이번엔 10분의 1을 잘 지켜서…….'

나는 광성천검에 사용되는 마력을 최대한 절제하며 다시 달려들었다.

일격에 민병대장의 무릎이 썰려 나갔다.

상대는 옆으로 쓰러지면서도 내 가슴팍을 노리고 총검을 내질렀지만, 나는 상체를 뒤로 젖히며 그 공격을 흘려보냈다.

이어서 유령의 목이 날아갔다.

놈은 유령답게 바로 쓰러지지는 않았으나 비틀거리면서 뒤로 물러서고 있었다.

'끝내자.'

나는 재빠르게 쇄도했다.

놈이 한손으로 쥔 총검을 쳐 낸 뒤, 주저 없이 그 영체의 중심부에다 해청을 깊게 박아 넣었다.

그리고 위아래로 세게 휘저으며 녹즙을 바르는 것과 함께 에너지 덩어리를 잘라 버렸다.

민병대장은 허망하게 뒤로 넘어졌다.

푸스스스······.

꿈틀거리며 흩어지는 영체.

그로부터 느릿한 음성이 새어 나왔다.

－거어어······.

"······거?"

하지만 원혼은 말을 마치지 못하고 그대로 흩어져 버렸다.

시스템 메시지가 떠올랐다.

[알림 : 미니 보스 '처형당한 민병대장의 원혼'을 처치했습니다!]

[보상 : 미니 보스를 처치한 보상으로 '상당한 경험치'를 획득했습니다.]

[보상 : 특별한 방법을 이용하여 처치했으므로 보상에 보너스가 주어집니다.]

[알림 : 칭호 '약물 사용자'가 복구됩니다!]

[알림 : 레벨이 올랐습니다!]

'무슨 말을 하려고 했던 거지?'

뭐, 어쨌거나.

이번에 복구된 '약물 사용자' 칭호는 지력 스탯을 하나 올려 주는 것이었다.

　그리고 레벨 15가 되면서 받은 보너스는…….

　'역시 체력 스탯에 투자해야겠다.'

　　[알림 : 체력 스탯이 1만큼 올랐습니다.]

　스탯 분배는 끝났지만, 시스템 메시지는 연달아 출력되고 있었다.

　이번에는 미션 달성에 대한 메시지들이었다.

　　[알림 : 2번 게이트 미션 '미니 보스 제거'를 완수했습니다!]
　　[안내 : 게이트 스코어보드에 이름을 올릴 수 있습니다.]

　　　　　　　　　　⌵

　스코어보드.

　난 이 요소를 그다지 즐기는 편이 아니었다.

　사실은 애초부터 이해를 못했다.

　게이트 안에서 업적을 과시하는 것은 다른 헌터들의 견제를 불러오는 일인데.

　어째서 스코어보드에다 이름을 올리는 것인지 납득이 가

지 않았던 것이다.

하지만 이번에는 조금 다르겠다는 생각이 들었다.

'지금 내 뒤를 따라오는 녀석들을 견제하기 위해 이용할 수 있겠어.'

잠시 생각하던 나는 곧 결정을 내리고 시스템을 조작했다.

[알림 : 새로운 1위가 등장했습니다!]

스코어보드가 갱신되었다.

올라간 이름은 당연히 본명이 아니었다.

[1위 : beast.C(58pt)]

[정보 : 이 게이트의 보스들은 50점, 일반 몬스터는 각 2점으로 책정되어 있습니다.]

나는 미니 보스와 네 마리의 일반 원혼령을 사냥하여 현재 58점을 기록하고 있었다.

'좋아. 이 정도면 딱 적당하지.'

이 스코어보드의 기록은 꽤나 재밌는 사건을 만들어 낼 것이다.

그리고 다음 순간.

"……."

나는 이쪽을 바라보는 눈길을 느끼고 고개를 돌렸다.

〈역시 그대는 대단한 인간이로구나. 지금 가지고 있는 격이 믿기지 않을 만큼…….〉

땅의 정령왕이 다시 나타나 나를 바라보고 있었다.
해청을 칼집으로 거두어들인 나는 테라르나에게 되물었다.
"그럼 시험은 끝난 거겠지?"
그러자 여왕은 고개를 끄덕이며 손짓했다.

〈물론이다. 약속대로 우리의 힘을 나누어 주겠다. 이리로.〉

[알림 : 개별 미션 '정령왕이 내린 시험'을 완수했습니다.]
[안내 : 특별한 존재 '땅의 정령왕, 테라르나'를 따라가서 보상을 획득하십시오.]

⌄

"……어?"
"뭐야? 이게 정말이야?"
적룡과 더 프라임의 헌터들은 멍하니 눈을 껌뻑거리고 있었다.

최원호의 콜네임이 이번 게이트의 스코어보드 1위를 당당하게 차지한 탓이었다.

[알림 : 게이트 미션 중 '미니 보스 제거'가 완수되었습니다!]
[알림 : 새로운 1위가 등장했습니다!]
[1위 : beast.C(58pt)]

'역시 아까 그 사람이야.'

적룡 클랜의 마스터, 주현모는 조용히 눈빛을 빛내고 있었고.

"젠장, 제대로 한 방 맞았네."

더 프라임의 마스터인 김정균은 조용히 욕설을 지껄이며 불만을 드러내고 있었다.

사실 두 사람뿐만 아니라 모두의 생각이 복잡해지는 순간이었다.

앞서 최원호가 그들에게 걸었던 '늙은 바다거북의 등껍질' 권능이 사라진 지 얼마 지나지 않은 상태.

그럼에도 불구하고 두 클랜의 헌터들은 속도를 올리지 않고 천천히 이동하는 중이었다.

서로의 눈치 때문이었다.

'미니 보스부터 사냥하는 게 좋을 것 같은데, 정확히 어디

에 있는지 알 수가 없으니…….'

'일단 적룡 클랜이 움직이는 것부터 보고 판단하자.'

그렇게 양측 모두 서로의 동선부터 체크한 뒤에 본격적으로 행동에 나서겠다는 생각이었다.

하지만 상황이 바뀌면서 그들의 계획 또한 변경되어야만 했다.

'바로 움직여야겠어.'

'더 늦기 전에 바위산을 올라야 해!'

두 클랜은 곧바로 움직이기 시작했다.

"지금부터 최대한 빨리 정상으로 간다!"

"A플랜으로! 어서 움직여!"

방금까지 으르렁거리던 것은 마치 거짓말이었다는 듯, 각자의 방향으로 몸을 돌려 달리기 시작했다.

이유는 간단했다.

사냥 경쟁, 미니 보스 레이드, 게이트 보스 레이드.

이번 게이트의 미션은 이렇게 총 세 개였다.

그런데 그중 하나가 순식간에 사라진 상황.

'최대 사냥 경쟁은 어차피 부가적인 미션.'

'마지막 보스 레이드에서까지 밀리면 이번 게이트는 공치는 거나 다름없어!'

……아무것도 건지지 못할 수도 있다는 위기감.

어쩌면 이 게이트의 모든 보상을 라이벌 클랜도 아닌

'beast.C' 한 사람에게 빼앗길지도 모른다는 불안이 엄습한 탓이었다.

그래서 헌터들은 서둘러 속도를 내기 시작했다.

정확히 최원호가 의도한 대로.

✲

"자, 미끼는 던져졌고……."

나는 상황을 지켜보다가 적당히 끼어들면 된다.

게이트의 스코어보드에 굳이 내 콜네임을 올린 것은 일종의 도발이었다.

'자, 애들아, 방금 트로피 하나가 사라진 것 잘 봤지?'

그러니까 서둘러야겠지?

'못 알아듣겠냐? 당장 뛰라고! 이 자식들아!'

대충 이런 의미.

걔들도 바보는 아닌 것 같으니까 충분히 알아들었을 것이다.

'아마 지금쯤 꽁지에 불이 붙은 토끼처럼 발 빠르게 움직이고 있겠지?'

내 노림수의 목표는 바로 '게이트 폐쇄'였다.

대한민국 차원통제청은 마력석 채굴을 위해서 이 게이트를 폐쇄하지 말고 딱 공략만 하고 나오기를 요구했지만…….

'명색이 클로저스 클랜의 첫 공략인데, 게이트를 열어 놓고 지나친다?'

……절대 안 될 말이었다.

이건 어마어마한 추가 보상까지 먹어치울 수 있는 절호의 기회였다.

그렇기에 나는 이번 게이트를 폐쇄시킬 작정이었다.

차원통제청이 게이트 폐쇄를 금지하긴 했지만…….

'특별히 예외적인 경우에 한해서는 헌터들이 게이트를 폐쇄시킬 수 있거든.'

레이드 클랜들의 공동 규칙 8조.

게이트에 파견된 헌터들의 생명이 위태로운 경우, 전원 동의를 얻어서 게이트를 폐쇄하여 즉시 탈출할 수 있다.

나는 이 조항을 이용하기 위해서 헌터들을 도발한 것이었다.

'그럼 잠시 시간을 좀 주고.'

이제 시험을 통과한 보상을 받을 차례였다.

그리고 어째서 정령왕이 내 앞에 등장한 것인지도 알아봐야 했다.

땅의 여왕을 따라서 바위산 깊숙한 곳으로 들어선 순간.

[알림 : 특수한 공간 '정령의 심처'에 진입했습니다!]
[안내 : 지금부터 특별한 존재 '땅의 정령'을 목격할 수 있습니다.]

"······."

아닌 게 아니라, 난 이미 목격하고 있었다.

바위산을 빼곡하게 수놓고 있는 땅의 정령들.

그들이 자신의 왕을 향해 일제히 무릎을 꿇고 있었다.

⟨땅의 여왕을 뵙습니다.⟩

⟨모든 땅의 복종을 받으소서.⟩

⟨그리고 온 대지에 왕의 축복을 내려 주소서!⟩

지정령들의 찬양과 숭배가 넘실거리는 곳에서 정령왕이
입을 열었다.

⟨그대는 우리의 친구로서 힘을 나누어 받을 것이다. 모든 기감을
열고 '어머니 땅의 힘'을 받아들일 준비를 하도록 해라. 거추장스러
운 옷은 벗어 두는 것도 좋겠지.⟩

······그거 왠지 이상하게 들리는데.

하지만 난 이대로 힘을 받을 생각이 없었다.

"저기, 미안한데······."

손을 들어 테라르나의 행동을 제지한 나는 아공간 주머니에서 큼직한 유리병을 꺼내 들었다.

"정령력은 여기에 넣어 줘."

그러자 여왕이 고개를 기울였다.

〈음? 지금 흡수하지 않겠다는 것인가? 어째서? 여기서 나에게 직접 힘을 나누어 받는 것이 가장 효과적일 텐데.〉

"그건 아는데. 정령력을 따로 쓸 데가 있어서 말이야."

나는 여동생의 치료제를 만들기 위해서 정령의 시험을 치른 것이었다.

그러니 내가 직접 정령력을 받아서 흡수하는 것은 안 될 말이었고……

'사실 정령의 힘은 야성 특성과 궁합도 별로 좋지 않거든.'

정령력은 야성의 퓨리 에너지와 충돌하는 속성이 있어서 효과가 반감되고는 했다.

야성 특성의 근본적인 문제였다.

그렇기에 나는 야수계에 있던 시절부터 정령을 거의 다루지 않았다.

무엇보다도 이 정령력은 순수하게 신우의 치료제로써만 쓰일 예정이었다.

〈그런가. 그렇다면 그렇게 해 주겠다.〉

테라르나는 다른 토를 달지 않고 고개를 끄덕였다.

〈단, 주의해서 힘을 사용하도록. 나의 통제가 없는 상황에서 정령력이 작동하는 것은 안전을 보장할 수 없기 때문이다. 어쩌면 누군가가 죽을지도 모른다.〉

그녀는 나에게 꽤나 겁을 주었지만 나는 빙긋 웃었다.

"걱정해 줘서 고맙네. 하지만 그럴 일은 없을 거야. 조심해서 사용할 테니까 걱정 마."

나의 자신감에 정령왕은 피식 웃더니 별말 없이 돌아섰다.

그리고 내가 건넨 유리병이 여왕의 손바닥 위에 놓인 순간.

그구구구구구……

저 땅속 깊은 곳으로부터 기묘한 울림이 들려오기 시작했다.

땅의 정령력이 응집되는 것이다.

'이 바위산이 품고 있는 자연의 에너지.'

신우의 뒤틀린 마력 체계를 바로잡아 줄 치료제였다.

〈흐으음. 과연…….〉

눈을 내리깔고 그 과정을 살피던 테라르나가 나에게 가볍게 손짓했다.

⟨인간, 뒤로 조금 물러나라. 정령력이 너에게 미약하게 간섭을 받고 있다.⟩

……역시.

내가 가진 야성 특성과 정령 에너지가 충돌하기 때문에 간섭 작용이 일어나고 있는 듯했다.

"이 정도면 되겠지?"

⟨되었다.⟩

나는 너덧 걸음 뒤로 물러나서 정령력이 응집되는 과정을 지켜보았다.

지표면에서 솟구친 진갈색의 에너지 덩어리들은 마치 뭉클거리는 반죽처럼 뭉쳐진 형태였다.

그러니까…….

'똥…… 아니, 흙으로 만든 카레 같은 느낌이라고 해야 하나?'

솔직히 비주얼은 썩 좋지 않았다.

물론 내가 먹을 건 아니니까 그런 것쯤은 신경 쓸 필요가 없었다.

사실은 신우 역시 그럴 것이다.

'망가진 마력 체계를 복구시킬 수만 있다면.'

녀석은 흙으로 만든 카레가 아니라 똥으로 만든 카레라도 개의치 않을 것이다.

〈자, 다 되었다. 가져가거라.〉

하지만 나는 반발했다.

"에헤이, 조금 더 줘! 정령력도 많으면서……!"

테라르나는 헛웃음을 지었다.

〈무슨 억지인가? 이미 한 사람이 감당할 수 있는 힘으로는 차고 넘치는 양이다. 에너지가 폭주하는 것을 감당할 수 있겠는가?〉

어차피 이 정령력은 치료를 목적으로 하는 것이었다.

필요한 만큼만 부어 주면 되는 일.

"감당할 수 있어. 그러니까 그 병은 다 채워 주면 좋겠는데?"

〈욕심이 많군. 그렇다면 조금만 더 채워 주겠다. 더 이상은 이 산의 기운을 쇠하게 할 수 있으니 불가하다.〉

"2인분 같은 1인분으로 부탁해."

내 말에 테라르나는 웃음을 터트리고는 힘을 조금 더 채워 넣었다.

그렇게 유리병 안에 집약된 땅의 에너지가 내 손에 쥐어졌다.

[보상 : 개별 미션을 완수한 보상으로 '가득찬 땅의 정령력'을 획득했습니다.]

[정보 : 집약된 정령력은 어떤 효능을 발휘할지 모릅니다. 다양한 실험을 통해 쓰임새를 찾아보세요!]

시스템 메시지들이 축포를 쏘아올리듯 출력되었다.

'……좋았어.'

나는 손 안에 들린 유리병을 확인하며 조용히 미소 지었다.

〈가득찬 땅의 정령력〉

[내단] 거대한 산의 약동하는 생명력. 누군가의 바람대로 꾹꾹 눌러서 유리병에 담아냈다.

정확한 용량을 지켜서 마시면 땅의 정령을 소환할 수 있는 '대지' 특성을 얻을 수 있다.

어쩌면 이걸로 신우도 '대지' 특성을 얻게 될지도 모르겠다.

'그럼 정령술도 갖추게 되는 건데…….'

하지만 녀석은 특성이 하나 더 생기는 걸 위험하게 생각할 수도 있을 것 같다.

내가 다섯 개의 특성을 다루는 것에서 기겁을 했으니까.

'뭐, 이건 나중에 생각해 보고.'

나는 유리병을 아공간 주머니에다 잘 넣어 둔 뒤, 테라르나를 지그시 바라보았다.

그러자 정령왕은 고개를 살짝 기울이며 말했다.

〈고맙다는 인사는 하지 않아도 된다. 우리 정령들은 그러한 감정 교환에 대해서는 그리 중요하게 생각하지 않는다. 그리고 너는 우리의 친구니까.〉

뒤늦게 떠오르는 시스템 메시지들.

[알림 : 칭호 '정령의 친구'가 복구됩니다!]
[정보 : 의념에 +2만큼 보너스가 주어집니다.]

'왜 칭호 복구가 안 되고 있나 했더니, 이게 마지막 절차였구나?'

여섯 가지 스탯 중에서도 '의념'은 마력을 사용하는 기술의 정확도와 효율성에 개입한다.

보다 매끄럽고 빠르게 마법을 꽂아 넣을 수 있게 되는 것이다.

그러니 이 스탯이 두 단계나 뛰어오른 것은 꽤나 고무적인 일이었다.

하지만 그보다 나는 다른 것이 궁금했다.

"……고마운 것도 있긴 한데. 사실은 궁금한 게 있어, 친구로서."

그러자 땅의 여왕은 신비로운 미소를 지었다.

마치 내가 무슨 질문을 할지 다 알고 있다는 것처럼.

"나에 대해서 뭘 알고 있는 거지? 어째서 당신 같은 대존재가 내 부름에 응한 거야?"

이제 나와 테라르나를 둘러싼 비밀에 대해 알아볼 시간이었다.

정령왕이 아닌, 그 아래의 정령들은 제각각의 생김새를 가지고 있다.

이들은 하나의 고정된 형태를 취하지 않고, 자신이 속한 게이트의 환경에 따라 모습이 달라지곤 했다.

'좀비가 많은 게이트에서는 좀비처럼 보이고, 오크가 많은

게이트에서는 오크의 모습을 취한다.'

정령은 그 속성 역시 기묘했다.

게이트의 원주민 같은 존재라고 할 수 있는 이들은 게이트에 진입한 헌터를 먼저 공격하는 일이 없었다.

헌터 측에서 선공을 취해야만 적대적으로 나오는 존재들이었던 것이다.

'야수계의 안경원숭이 학자들은 정령이 중립을 지킨다고 표현했지.'

그만큼 비협조적이기도 했다.

이들은 자신들의 존재 이유나 생태에 대한 정보를 조금도 알려 주지 않았다.

관련 특성을 획득하여 정령사가 된 헌터들은 자신들의 정령에 대해 제각각 파악하고 있었고.

야생 상태의 정령에 대해서는 그리 많이 알려지지 않았다.

아까 지구에서는 정령왕이 등장한 것 자체가 처음이라고 메시지가 떴을 만큼 이들은 미지의 존재였다.

기대 반 걱정 반이었다.

'과연 답이 돌아올까? 엉뚱한 대답을 하는 것은 아닐까?'

그럴 수도 있다.

너희가 무엇이며 어떻게 게이트에 포함된 것이냐고 물을 때마다.

정령들이 '우리는 자연의 일부로서 이곳에 있다'라고 대답하는 것처럼.

　무의미한 답변이 나올 수도 있었다.

　'과연 어떤 대답이 나올까?'

　〈……내가 왜 그대의 부름에 응했느냐고?〉

　"그래. 대답해 줘."

　가만히 팔짱을 낀 테라르나가 나를 향해 아름다운 미소를

지으며 입을 열었다.

　〈그대가 가진 힘에 반응했으니까. 그대는 비록 예전의 격을 잃었

　지만, 오히려 더 큰 힘을 손에 넣었으니 나로서는 이끌리지 않을 수

　가 없었으니라.〉

　"더 큰 힘에 이끌렸다고……?"

　테라르나의 말대로 지금의 나는 야수계에서 만든 레벨을

잃어버린 상태였다.

　그런데 오히려 더 큰 힘을 손에 넣었다니.

　"그게 무슨 말이지?"

　정령왕은 안타깝다는 듯 한숨을 푹 내쉬었다.

　〈하아, 아직도 모르고 있구나. 그대가 삼킨 '조각'에 대해 말하는

것이다. 참으로 답답하군.〉

……조각.

그렇다면 '거신의 조각'을 말하는 건데.

하지만 나야말로 답답했다. 나는 내가 거신의 조각에 관해서 무엇을 모르는지조차도 몰랐으니까.

"테라르나, 조금만 자세히 말해 줘. 이 힘으로 뭘 할 수 있는 거지? 혹시 다른 차원과 연결점을 다시 만들 수도 있을까?"

하지만 땅의 여왕은 표정을 살짝 굳히며 고개를 저었다.

〈아니. 성찰하고 직시하라.〉

미치겠네. 그러니까 대체 뭘?

〈그대가 가진 힘은 단순한 힘이 아니다. 축복이자 저주이며……운명이다. 제대로 깨닫지 못하면 오히려 그대가 삼켜질 것이다.〉

헌터들의 시스템 메시지는 미친 듯이 갱신되고 있었다.

[알림 : 새로운 2위가 등장했습니다!]

[2위 : RedDragon_JOO(26pt)]

[알림 : 2위가 갱신되었습니다!]

[2위 : thePrime_KJK(34pt)]

[알림 : 3위가 갱신되었습니다!]

[3위 : RedDragon_sadone(28pt)]

[알림 : 3위가 갱신되었습니다!]

[……]

적룡 클랜과 더 프라임 클랜 사이에서 본격적으로 사냥 경쟁이 시작된 탓이었다.

스코어보드에 오른 콜네임은 엎치락뒤치락하며 계속해서 서로 순위를 뒤바꾸는 중이었다.

그러다 보니 두 클랜을 이끄는 마스터들은 서서히 가열되어 가고 있었다.

"다들 조금만 더 빨리! 김정균에게 질 순 없단 말이다!"

"조석진! 유미나! 적룡 새끼들한테 밀리지 마!"

먼저 달려가서 게이트 보스의 점수 50점을 먹어 치우는 것도 중요했지만.

그전에 라이벌 클랜과 'beast.C'의 기록을 최대한 멀리 앞질러야 한다는 생각 때문이었다.

두 클랜은 신성력을 휘감은 무기를 휘두르며 사냥 경쟁을 이어 갔고…….

[알림 : 1위가 갱신되었습니다!]
[1위 : thePrime_KJK(60pt)]

"됐어!"

더 프라임의 김정균이 1위를 차지하는 것과 함께 잠시의 휴식에 들어갔다.

적룡의 주현모가 54점으로 그 바짝 뒤를 쫓고 있는 상황이었다.

하지만 김정균은 일단 잠시라도 쉬는 시간을 가지기로 했다.

"그놈도 미니 보스를 잡느라고 최대한 속도를 냈을 테니까 지금은 좀 쉬고 있을 거야. 벌써 한 시간도 넘게 스코어보드를 갱신하지 않고 있잖아?"

그는 자신의 수하들에게 눈빛을 반짝이며 해낼 수 있다고 설명하는 중이었다.

"어쩌면 어디 혼자서 자리 깔고 자다가 원혼령에게 먹혀 버렸을지도 모르지!"

"오, 그럴 수도 있겠는데요?

"그렇다니까! 원래 솔플이 그렇게 위험한 거라고!"

"좋아! 우리가 1위 먹고 나가자!"

김정균과 더 프라임의 클랜원들은 최원호가 죽었기를 바라며 시시덕거리고 있었다.

한편, 적룡 클랜 또한 휴식에 들어간 상태.

그러나 분위기는 사뭇 달랐다.

"윤아야, 많이 아프지?"

"……아니에요."

더 프라임 클랜 측은 스코어보드 1위를 달성하고 재정비를 위해서 휴식을 가진 참이었지만.

"진혁아, 여유 포션은 더 없어?"

"이제 없습니다. 남은 건 긴급용이에요."

"하아아……."

적룡 클랜은 최후방을 담당하는 힐러가 중상을 입었다.

그래서 그녀를 치료하기 위해 사냥을 멈출 수밖에 없었던 것이다.

상황은 매우 좋지 않았다.

'젠장, 여기서 포기해야 하나?'

주현모는 마스터로서 이번 게이트를 포기할까 진지하게 생각하고 있었다.

그도 그럴 것이, 지금껏 모든 치료를 힐러인 우윤아에게 맡기고 있었는데, 막상 그녀가 쓰러지니 모두가 위험해지고 말았다.

무엇보다도 우윤아의 상태가 점점 악화되고 있었다.

가지고 있는 여유 포션을 다 쏟아부었음에도 원혼령에게 물린 그녀의 뒷덜미는 천천히 얼어붙고 있었다.

'냉기의 송곳니였어. 하필 윤아의 취약점을 찌르다니.'

당장이야 걸을 수 있지만 두세 시간 이내로 주저앉게 될 것이다.

한때 거대 클랜에서 경험을 쌓았던 주현모는 그것을 잘 알고 있었다.

그러니 결단을 내릴 수밖에 없었다.

"우리는 공략을 중지한다."

"⋯⋯오빠."

"여기서 이대로 능선을 타고, 보스가 있는 곳을 피해서 게이트 출구로 나가는 것으로 하자."

"오빠, 저 괜찮다니까요? 할 수 있어요!"

"아니야. 너 안 괜찮아. 고집 부리지 마. 혹시라도 너 잘못되면 내가 외삼촌한테 죽어. 진혁이도 마찬가지고."

"하아아⋯⋯."

사실 이 적룡 클랜의 3인방은 혈연 관계였다.

그렇기에 결속력이 끈끈하기도 했지만, 지금처럼 위기가 닥쳤을 때는 감히 도박수를 던질 수 없는 조직이었던 것이다.

'에라이, 내 주제에 무슨 클랜 마스터냐? 나가면 클랜 허가증 반납하고 월급쟁이 헌터로 복귀해야겠다.'

주현모는 씁쓸함을 삼키며 다시 앞으로 걷기 시작했다.

그러나 잠시 뒤…….

"이, 이런 미친!"

"살려 줘! 현모 형! 도와 달라고!"

"이리로 오지 마! 저리 꺼지라고!"

주현모는 진지하게 생각할 수밖에 없었다.

……오늘 이 게이트에서 살아서 나간다면 헌터를 때려치우겠다고.

늦었지만 지금부터라도 공무원 시험을 준비하겠다고 말이다.

거신의 조각은 단순한 힘이 아니다.

축복이자 저주이며 운명이다.

오히려 나를 삼켜 버릴 수도 있는 가능성이다.

'너무 추상적이야.'

새로운 것을 알게 되긴 했지만, 이걸론 턱없이 부족했다.

"이봐, 좀 더 자세히 설명해 줄 수 있을까? 다른 시험을 치르라고 한다면 치를 테니까."

분명 테라르나는 나와 '거신의 조각'에 대해 많은 것을 알고 있는 듯했다.

힌트를 붙잡은 김에 끝까지 추적해야겠다는 생각이 들었다.

하지만 땅의 정령왕은 고개를 저었다.

〈안타깝게도 나는 이 이상으로 이야기해 줄 수는 없다. 이젠 그
대 스스로 깨달아야 할 것이다.〉

테라르나는 그 말을 마지막으로 나에게 축객령을 내렸다.

〈자, 정령의 시간이 끝났다. 그대와 다시 만날 날을 기다리겠다.
그땐 조금 더 자신에 대해 알고 있기를 기대하지.〉

그와 함께 모든 정령들이 사라졌다.

가만히 손바닥을 들어 보인 테라르나의 정령체는 산산이
부서져 대지로 돌아갔다.

그렇게 땅의 여왕은 사라지고 침묵이 바위산을 휘감았다.

"……."

홀로 남은 나는 깊은 생각에 잠길 수밖에 없었다.

'거신의 조각에 대해서는 내가 스스로 알아 가야 한다는
거지.'

다행스럽게도 힌트는 있었다.

……그것도 아주 가까운 곳에.

'거신의 조각은 신인류라는 놈들의 에너지를 흡수할 수 있었어.'

그럴 때마다 정체를 알 수 없는 스탯이 오르기도 했다.

상태 창에는 출력되지 않고 있었지만, '알 수 없는 스탯'은 벌써 10이라는 수치에 도달해 있었다.

그렇다면 역시 이쪽을 계속 파 보는 것이 빠른 길일 것이다.

'이대로 계속 스탯을 모으다 보면 언젠가 개화할지도 모르지.'

게이트 헌터 시스템이 불친절하긴 했지만, 그래도 헛고생을 시키는 일은 없었다.

분명 머잖아 새로운 힌트가 등장할 것이다.

"……역시 신인류의 꼬리를 잡아야 해."

때마침 신우의 마력 체계를 회복시킬 치료제도 구해졌다.

사실 테라르나 덕분에 치료에 쓰고도 남을 만큼 많은 양을 확보할 수 있었다.

'가만, 정령력이 많이 남으면 다른 곳에 쓸 수도 있겠는데?'

나는 고개를 끄덕이며 발걸음을 옮겼다.

이제 이 게이트의 마지막을 볼 차례였다.

시스템 메시지가 떠오른 것은 바로 그때였다.

[알림 : 게이트 보스 '추락한 선녀의 혼'이 현재 전투 중입니다!]

[안내 : 전투에 참가하여 보상을 획득하세요!]

드디어 최종 보스에 대한 레이드가 시작된 것이다.

어느 쪽인지는 모르겠지만 바위산의 정상에 도달한 헌터들이 전투를 시작했다는 뜻이었다.

하지만 나는 느긋하게 걸었다.

처음부터 이 게이트의 모든 것을 독차지할 생각이었으니, 지나치게 여유를 부리는 게 아닌가 싶기도 했지만.

'어차피 걔들은 선녀 귀신을 잡을 수 없거든.'

이번 게이트의 최종 보스 '추락한 선녀의 혼'.

짧게는 그냥 '선녀 귀신'이라고 불리는 몬스터.

내가 없는 한, 헌터들은 이번 게이트의 보스를 절대로 대적할 수 없을 것이다.

'선녀 귀신은 거울 특성을 가지고 있거든. 그것도 레벨 3의 거울 특성.'

'거울'이라는 특성을 가진 몬스터는 상대의 특성을 복사해서 써먹을 수 있었다.

정확하게 말하자면 상대의 특성 중 일부를 제 것처럼 사용하는 능력이었다.

특성의 레벨이 높을수록 더 많은 능력을 당겨 오고, 레벨이 더 높은 경우에는 빼앗은 힘을 아예 봉쇄할 수도 있다.

'그리고 레벨 3부터는 탐지 범위 안에 들어온 적들 중에서 가장 강한 부분을 복사할 수 있지.'

즉, 최강자의 특성을 베낀다는 것이다.

그런데 이 바위산에 들어온 헌터들 중에서 최강자라면…….

"당연히 나잖아?"

-맞는 말이긴 한데 약간 재수 없는 것 같아. 어디 가서 그러지 말자, 주인.

"크흠!"

해청의 핀잔을 무시하며 나는 정상으로 걸음을 옮겼다.

그러니까 선녀 귀신은 지금쯤 나의 야성 특성을 베껴서 사용하고 있을 것이다.

물론 내가 가진 10레벨 특성의 전체를 다 사용할 수 있는 것은 당연히 아니었고…….

'보자. 거울 특성이 3렙이니까 복사된 야성은 2렙이고…….'

귀속 권능이 낼 수 있는 효율은 50% 정도.

너프에 너프를 겪은 야성의 수준은 내가 처음 그 특성을 익혔을 때와 대충 엇비슷했다.

D등급 게이트의 보스 몬스터답게 그리 강한 수준은 아니었던 것이다.

하지만 그것만으로 충분했다.

……의외로 야성은 귀신들과 궁합이 잘 맞는 특성이었으니까.

키야아아아아!

밤하늘을 쩌렁쩌렁 울리는 저 울분에 찬 귀곡성이 증거였다.

지금쯤 선녀 귀신은 넘치는 퓨리 에너지를 발산하며 헌터들을 몰아치고 있을 터였다.

나는 느긋하게 발걸음을 옮기며 생각했다.

'아까 날 족치겠다고 생각했던 게 어느 쪽이었더라? 아, 그렇지!'

더 프라임 클랜의 마스터, 김정균.

그 녀석에게 지옥을 한번 보여 줘야겠다.

내 검을 욕하는 건 참을 수 있어도, 날 욕하는 건 참을 수 없으니까.

-……주인, 정말 그럴 거야?

"농담이야, 인마."

-힝.

삐졌냐?

바위산의 정상으로 향하던 김정균은 주현모와 그의 클랜원들이 자신의 뒤를 따르고 있다는 것을 깨달았다.

최후방의 마법사가 그것을 확인해 주었다.

"마스터, 적룡 클랜이 뒤따라오고 있습니다. 무지 느린데요? 우릴 추월할 생각도 없는 것 같아요."

"……하, 우리 현모 형이 못 본 사이에 많이 빠끔해지셨네. 보스 레이드에 무임승차를 하시겠다?"

적룡 클랜에 부상자가 있다는 사실을 몰랐던 김정균은 라이벌 클랜이 야비한 계략을 꾸미고 있는 것으로 오해했고.

'그래, 보스를 불러내서 어그로를 나눠 줘야겠다. 그래도 야비하게 나오면 어쩔 수 없고.'

그땐 단칼에 목을 칠 생각이었다.

그것도 옛정이 있으니까 자비롭게 대해 주는 것이었다.

"슬슬 보스 출현 구역인 것 같은데?"

"그런 것 같습니다. 잡몹 리젠이 끊어졌어요."

"좋아. 전투 준비해."

"예!"

"신성 마법 개시하겠습니다!"

더 프라임 클랜원들은 재빠르게 삼각 대형을 갖추며 정상의 고지를 밟았고.

[경고 : 곧 게이트 보스 '추락한 선녀의 원혼'이 등장합니다!]

시스템 메시지와 함께 어디선가 스산한 바람이 휘몰아쳤다.

바위산의 꼭대기에 지어진 남루한 사당.

그히히히히히……

그곳에서 긴 머리를 풀어헤친 창백한 여자가 모습을 드러낸 것이었다.

게이트 보스 '추락한 선녀의 원혼'이 새하얀 흰자를 내보이며 사박사박 걸어나오고 있었다.

"나, 나왔다."

"왠지 소름이 돋는데."

"……."

저마다 한마디씩 하는 클랜원들 사이에서 김정균은 묘한 예감을 느꼈다.

'위험하다. 위험해!'

통찰이나 예지 특성을 있어서가 아니었다.

그것은 게이트를 수없이 드나든 헌터로서의 본능이었다.

마치 맹수를 만난 토끼가 다른 판단을 하지 않고 뒤로 냅다 뛰는 것처럼.

"자, 잠깐만. 얘들아."

"예?"

"왜요? 마스터?"

"우, 우리 말이야. 저, 전열을…… 그, 재정비를 좀 하는 게……."

본능적으로 목소리를 덜덜 떨면서 뒤로 물러서고 있었던 것이다.

하지만 선녀의 원혼은 그들이 물러설 시간을 주지 않았다.

캬하아아아아악-!

등골이 쭈뼛해지는 괴성과 함께 네 발을 다다다다 움직이며 세 사람에게 달려든 것이었다.

"……!"

시뻘건 눈을 부릅뜬 새하얀 선녀 귀신이 그들의 코앞까지 다가온 순간.

"디, 디파이언스으!"

대열 후위로부터 새하얀 빛이 폭발했다.

마법사의 주문 영창과 함께 쏟아진 신성 저항 방패가 세 사람을 휘감으며 선녀 귀신을 뒤로 밀어냈다.

김정균이 뒤늦게 정신을 차린 것은 그때였다.

"씨, 씨×!"

잠시 넋을 놓았던 자신에게 욕설로 일갈한 김정균은 서둘러 방패를 앞세우고 게이트 보스에게로 돌진했다.

이미 신성력으로 이중 코팅을 해 둔 방패였다.

어지간한 유령 계열 몬스터는 닿기만 해도 괴성을 지르며 나가떨어질 정도였다.

'어차피 D등급 몬스터야! 승산은 충분히 있어!'

하지만 그의 기대는 무참히 배반당하고 말았다.

그히히히히히!

선녀 귀신은 소름 끼치는 웃음소리와 함께 5연속 백덤블링을 시전하며 거리를 벌렸다.

김정균의 야심찬 방패 돌진은 허망하게 허공을 치고 말았다.

"뭐, 뭐야?"

"아니, 무슨 저런 움직임이?"

"저거 올림픽에서 본 것 같은데……."

놀라운 운신에 얼이 빠진 것도 잠시.

마법사로부터 신성의 빛이 사라진 순간, 선녀 귀신은 다시 네 발을 휘저으며 돌진해 왔다.

"뒤, 뒤로! 후퇴해! 어서!"

"야! 이 새끼야! 뭐 하고 있어! 빨리 마법 다시 걸어!"

"무슨 미친 소릴! 주문 쿨 타임 있는 거 몰라요?"

그들은 혼비백산하여 허둥지둥 물러났고, 선녀 귀신은 붉은 눈동자를 번쩍이며 쉴 새 없이 달려들었다.

자신의 방패를 지나쳐 달리는 여자의 움직임을 본 김정균은 돌아 버릴 것 같은 기분이었다.

'저딴 게 어떻게 D등급 보스라는 거야?'

일단 저 기괴한 동작부터 이해할 수가 없었다.

귀신은 네 발로 뛰어다녔고, 아무런 무기도 없었지만 길게 돋아난 손톱만으로 충분하다는 듯이 돌진했다.

……인간이라기보다는 차라리 한 마리의 짐승과 같은 움직임.

그리고 그 원혼이 노리는 것은 세 남자의 목덜미였다.

케헤헤헤헤헤헤……

김정균을 지나쳐서 활을 든 헌터에게 도달한 선녀 귀신은 그대로 입을 벌렸다.

그러자 백상아리의 것처럼 이빨들의 구덩이가 드러나며 새하얀 빛을 번쩍였다.

"으, 으아악!"

콰직!

외마디 비명은 무시무시한 파열음에 삼켜지고 말았다.

"커억!"

순식간에 힘을 잃고 나동그라지는 궁수 헌터.

다음은 마법사의 차례였다.

"마, 마스터! 살려 줘요!"

다행스럽게도 쿨 타임이 돌아왔는지 그는 남은 마력을 모두 짜내 선녀 귀신에게 저항하고 있었다.

하지만 오래 버티진 못할 것이다.

"젠장! 기다려!"

"끄윽…….."

쓰러진 클랜원을 들쳐 멘 김정균은 미친 듯이 머리를 굴리기 시작했다.

'이대로라면 다 죽는다!'

그러니 생각해야 한다.

"어떻게 하면 어그로를 떼 내고 도망칠 수 있을……. 아!"

마침내 방법을 생각해 낸 김정균은 모든 힘을 짜내서 달리기 시작했다.

방패를 이용한 돌격은 이번에도 5연속 백덤블링에 의해 무위로 돌아가고 말았지만.

"뛰어!"

"예?"

"닥치고 뒤로 뛰라고!"

애초에 김정균은 선녀 귀신과 대적할 생각이 아니었다.

"우리 뒤를 따라오는 적룡 놈들에게 어그로를 나눠 주고 함께 싸우는 거다!"

"그, 그래도 안 되면요?"

"그땐 어떻게든 도주로를 찾아야지! 적룡 클랜을 방패로 쓰면 시간을 벌 수 있을 테니까!"

"……"

더 프라임 클랜의 마법사는 마스터의 타당하면서도 이기적인 선택에 혀를 내둘렀다.

하지만 이것만이 자신들의 생존을 확실하게 확보할 수 있는 유일한 방법이라는 생각이 들었다.

'살아야 해!'

그렇기에 더 프라임 클랜은 뒤를 향해서 미친 듯이 내달렸고.

끼히히히히히히!

다들 어딜 도망가?

"......!"

그 섬뜩한 귀곡성에 따라잡히기 직전에 적룡 클랜원들과 마주할 수 있었다.

"응? 김정균, 어째서 되돌아오는 거냐?"

상황을 파악하지 못한 주현모는 의아한 표정을 짓고 있었다.

이와 반대로, 주현모의 일행을 훑어본 김정균은 곧바로 상황을 알아차렸다.

'힐러가 다쳤구나! 그래서 전력을 다할 수 없었던 거야!'

라이벌 클랜이 어째서 느릿느릿 자신들의 뒤를 따라온 것인지 뒤늦게 안 것이었다.

'......그래도 이쪽이 살아남기 위해서는 어쩔 수 없어.'

결심을 굳힌 김정균은 입술을 깨물며 소리쳤다.

"현모 형! 도와줘! 싸워야 해!"

"뭐, 뭐라고? 도와 달라고?"

"어서! 빨리!"

이들이 조금이라도 제대로 싸워야만 자신들이 게이트에서 탈출할 시간을 벌 수 있었다.

그래서 고함을 지른 것이다.

"이, 이런 미친......!"

비로소 선녀 귀신의 존재를 발견한 주현모의 눈동자가 흔들렸다.

"살려 줘! 현모 형! 도와 달라고!"

"이리로 오지 마! 저리 꺼지라고!"

그렇게 여섯 사람이 뒤엉키고.

야차처럼 팔다리를 휘두르는 선녀 귀신까지 난입하여 아수라장이 된 순간.

"……흐음."

때마침 도착해서 장내를 지켜보고 있던 최원호는 곤란한 표정을 짓고 있었다.

상황이 그리 마음에 들지 않았으니까.

나는 한숨을 내쉬었다.

"세상에, 이렇게 약할 줄이야……."

어째 옛날보다 헌터들이 하향평준화 된 것 같다.

'이거 내가 조금만 더 늦게 왔어도 전부 시체가 됐겠는데?'

내가 앞서 예상했던 것보다 헌터들의 전력이 훨씬 더 좋지 않았다.

그런 탓에 생각대로 상황이 흐르지 않았다.

"버, 버텨! 현모 형! 버티라고!"

"김정균! 이 개자식! 너 일부러……!"

게다가 김정균이란 놈은 제대로 싸우지도 않고 호시탐탐 빠져나갈 기회만 엿보는 중이었다.

하지만 틈이 없었다.

한두 사람이 부상을 입었다는 것을 고려하더라도, 그들은 속수무책으로 밀리고 있었다.

끄히히히히히히!

넘치는 퓨리 에너지를 이용해서 서너 개의 권능을 번갈아 사용하는 선녀 귀신.

전혀 만나 본 적이 없는 낯선 패턴에 정신이 빠진 것처럼 대응을 하지 못하고 있었다.

'그럼 헌터들이 약한 게 아니라, 야성 특성이 너무 좋은 건가?'

뭐, 그렇게 볼 수도 있겠네.

손안의 해청이 나에게 슬며시 도발을 시전한 것은 그때였다.

─주인, 이대로 그냥 둘 거야? 날 욕하는 건 참을 수 있지만 주인을 욕하는 건 참을 수 없으니까?

"너 그거 마음에 담아 두고 있어? 장난이라니까? 그게 인터넷에서 떠도는 농담인데…….”

─나도 장난이야. 설명은 사양할게.

……아닌 것 같은데.

왠지 뒤끝이 있는 것 같은데.

어쨌거나 해청은 상황을 지켜보며 걱정을 늘어놓는 중이었다.

-선녀 귀신이 부상 입은 여자 쪽을 공략하고 있어. 주현모라는 헌터가 필사적으로 방어하고 있긴 하지만 무지 집요해! 위험하겠는데?

"그렇겠지. 야생의 맹수들은 자연스럽게 가장 약한 개체부터 공격하니까. 그게 본능이야."

-힝. 그럼 어떡해?

"뭘 어떡하냐."

나는 결국 한숨을 내쉬며 몸을 일으켰다.

어쩔 수 없이 직접 나설 차례였다.

"가자."

-응!

나는 선녀 귀신을 향해 일직선으로 신형을 쏘았다.

잠시 빌려주었던 야성 특성을 되돌려 받을 시간이었다.

'……그나저나 저 자식은 생각보다 악질이네.'

❦

'……추워.'

우윤아는 몸이 서서히 식어 가는 것을 느끼고 있었다.

동시에 눈앞도 흐려져 가고 있었다.

아까 냉기 속성의 원혼령에게 물린 뒷덜미가 완전히 얼어붙은 탓이었다.

하지만 그럼에도 불구하고 마력을 사용하는 것을 멈출 수는 없었다.

"레, 레지스트 이블……!"

[정보 : 현재 스킬 사용에 필요한 에너지의 연산 과정이 과부하를 일으키고 있습니다.]

[경고 : 휴식을 취하십시오.]

머릿속이 어질어질하고 실시간으로 죽어 간다는 실감이 느껴졌지만.

'안 돼. 여기서 내가 포기하면 다 죽는 거야.'

다른 헌터들이라도 살려 내기 위해 모든 힘을 짜내어 보호 마법에 쏟아붓고 있었다.

그렇게 다시 한 번 더.

"레지스트 이블!"

그녀의 손끝에서 사특한 것에 저항하는 에너지 파동이 터져 나오며 선녀 귀신을 밀어냈다.

"우윤아! 그만해!"

사촌오빠이자 클랜 마스터인 주현모는 소리를 질러 댔지만 어쩔 수 없었다.

오합지졸에 다름 아닌 헌터들이 이 악몽 같은 맹공을 견뎌
낼 수 있는 것은 순전히 그녀 덕분이었으니까.

하지만 바로 그때였다.

"씨×! 현모 형! 미안해!"

김정균이 우윤아의 잘록한 허리를 낚아채서 달리기 시작
했다.

"당신, 지금 무슨 짓을……!"

"미안하지만 나라도 살아야겠거든! 뭐 하고 있어! 너도 살
고 싶으면 마법 써! 어서!"

여의치 않은 전투 상황을 보며 탈출할 각을 재고 있던 김
정균이 최선책을 다시 택한 것이었다.

자신의 클랜원 두 사람마저 버리고, 상대적으로 방어 효과
가 좋은 우윤아를 방패로 삼아 게이트 출구까지 달리겠다는
생각이었다.

"내, 내려 줘! 얼른 놓으란 말이야!"

그녀는 몸을 뒤틀며 격렬하게 저항했다.

하지만 김정균은 살 길을 포기할 생각이 추호도 없었다.

"닥쳐! 넌 마법이나 똑바로 쓰라고!"

그럴수록 우윤아의 몸을 단단하게 붙잡으며 앞으로 달려
나가고 있었던 것이다.

하지만 바로 그때.

"더럽게 약한 놈이 발만 더럽게 빠르네!"

퍼억!

달려가던 김정균의 등 뒤로 커다란 무언가가 날아와서 정확하게 부딪쳤다.

묵직한 충격에 김정균은 우윤아를 놓치면서 바닥으로 나동그라졌고…….

"으, 으아악!"

"아악!"

"크으윽!"

함께 넘어진 세 사람은 바위산에 얼굴을 처박은 채 신음을 흘려야만 했다.

'어? 잠깐. 세 사람이라고?'

깜짝 놀라서 고개를 처든 김정균은 경악에 빠지고 말았다.

그의 등 뒤를 습격한 것은 바로 사람의 몸이었다.

방금 자신이 버리고 도망친 소년 마법사.

허리를 짚은 그가 잔뜩 일그러진 표정으로 자신을 노려보고 있었던 것이다.

"이 개자식이 나까지 버리고 튀어? 퉤! 원래 쓰레기인 줄은 알고 있었지만 이 정도일 줄은 몰랐네. 내가 곱게 보내 줄 것 같냐, 이 새끼야?"

"……."

한참 어린 부하 클랜원에게 쌍욕을 먹고 앙갚음까지 당할 위기에 처했음에도.

김정균은 아무런 대꾸도 하지 못했다.

그저 소년 마법사가 투포환처럼 날아왔다는 사실에 경악할 뿐이었다.

이건 배신자인 자신의 탈출을 완벽하게 막아 두는 한 수였다.

"죽더라도 같이 죽어야지! 바인딩!"

분노에 찬 클랜원은 곧바로 구속 마법을 펼쳐서 자신을 묶어 버렸다.

'말도 안 돼! 선녀 귀신이 이렇게 지능적인 수법을 사용한다고?'

칭칭 묶인 김정균은 멍하니 중얼거렸다.

"오늘은 죽는 날인가……?"

그는 헛웃음을 지으며 자신이 처한 상황에 체념하고 말았다.

하지만 다음 순간.

"여기나 저기나 죽는다는 소리를 왜 그렇게 쉽게 하는 건지……."

혀를 쯧쯧 차는 남자의 존재로 인해 상황은 완벽하게 바뀌었다.

"……!"

김정균은 뒤늦게 그 목소리를 떠올렸다.

－더럽게 약한 놈이 발만 더럽게 빠르네.

클랜원을 집어던져서 자신을 거꾸러뜨린 것은 선녀 귀신
이 아니라 저 남자였던 것이다.
그리고 다음 순간.
쉭! 캬아아아…….
엄청난 속도의 검격에 선녀 귀신의 영체가 단숨에 허물어
졌다.
여섯 사람을 괴롭히던 보스 몬스터가 단 일격으로 제압되
었고.

　[알림 : 모든 게이트 미션이 완수되었습니다.]
　[안내 : 스코어보드 갱신과 보상 정산이 진행 중입니다.]
　[정보 : 공략이 완료된 게이트는 디멘션 하트를 파괴하여 게이트
를 영구히 폐쇄할 수 있습니다.]

"어, 어어……?"
"……세상에!"
헌터들의 표정에 경악이 깃들고 뒤이어 당황스러운 침묵
이 내려앉았다.
"흠."
해청을 회수한 최원호는 턱을 긁적이며 헌터들에게 입을

열었다.

"그, 뭐……. 내가 보기에는 지금 여기 게이트를 폐쇄해야 할 것 같은데. 이의 있으신 분?"

그러자 모두의 머릿속에 똑같은 질문이 떠올랐다.

'왜?'

잡리스가 된 뉴비

　최원호가 선녀 귀신을 간단히 처치할 수 있었던 비결은 다른 게 아니었다.

　그 움직임이 완벽한 자신의 하위 호환이었으니까.

　그런 덕분에 마치 손바닥 보듯이 훤하게 읽어 낼 수 있었던 것이다.

　'옛날 생각나네.'

　야성은 말 그대로 '야생의 성격'이다.

　본능적으로 몸을 움직여 무자비하게 상대를 찢어발기는 것에 최적화된 특성이었다.

　그 말은 투로가 쉽게 단순해질 수 있다는 이야기와 맥을 함께했다.

즉, 조금만 익숙해지면 예측 가능한 움직임이 된다는 뜻.

그러한 단점을 파악한 최원호는 셀 수 없을 만큼 많은 심상 훈련을 통해서 단순함을 극복했다.

'내 자신을 적으로 상정하고 머릿속으로 싸우는 훈련.'

언제 어디서나 할 수·있는 훈련법이었지만 고독하면서도 막막한 훈련법이기도 했다.

그 덕분에 선녀 귀신의 움직임을 읽어 낸 뒤 동작의 결을 끊고 베어 버리는 것은 너무나 쉬운 일이었다.

실은 그 직전의 동작이 오히려 조금 더 까다로웠다.

"어깨가 빠질 뻔했지."

작은 덩치의 소년 마법사였지만 그래도 제법 묵직했다.

그 몸뚱이를 꽤 멀리 달아난 김정균의 등판에다 정확히 배달시켜 주는 것은 엄청난 근력과 정확도를 필요로 하는 일이었다.

하지만 충분히 가능했다.

[권능 : '제거자 불곰의 주먹'.]
[권능 : '씨름꾼 침팬지의 손바닥'.]

악력과 완력에 관련된 두 권능을 동시에 사용하며.

앞서 '정령왕의 소환자' 칭호를 얻으면서 20에 도달한 근력 스탯을 한계점까지 끌어 올린 결과.

"우아아앗⋯⋯!"

최원호가 집어던진 소년 마법사는 살아 있는 포환이 되어 날아가 정확하게 목표물을 직격했다.

그리고 최원호가 의도한 대로 움직였다.

"죽더라도 같이 죽어야지! 바인딩!"

분노에 찬 주문 영창을 내질러 김정균을 단단히 묶어 버린 것이었다.

"오늘은 죽는 날인가⋯⋯."

더 프라임 클랜의 마스터는 그렇게 도주를 포기할 수밖에 없었다.

"그, 뭐⋯⋯. 내가 보기에는 지금 여기 게이트를 폐쇄해야 할 것 같은데. 이의 있으신 분?"

"⋯⋯."

"⋯⋯."

헌터들은 다들 나를 미친놈처럼 바라보고 있었다.

그리고 여러 가지 생각들을 떠올리는 중이었다.

－이 사람. 대체 뭐 하는 사람이지? 왜 폐쇄를 한다는 거야?

―혼자 다 해먹었으면 이제 집에 가면 되는 거 아냐?

―설마 게이트 폐쇄 보상까지 독식하려고?

'마지막은 좀 예리하네. 누구야?'

적룡 클랜의 중간 포지션을 맡은 청년.

녀석은 무척이나 의심스러운 눈으로 나를 바라보고 있었다.

"크흠."

턱을 긁적이며 헛기침을 했다.

의도치 않게 상황이 좀 이상하게 되긴 했다.

지금처럼 공략이 완료된 게이트를 폐쇄시키는 경우, 모든 헌터들이 게이트 바깥으로 강제 이동하게 된다.

그러니 게이트 여기저기에 헌터들이 다친 채로 흩어져 있어 위급한 상황에서는 최대한 빠르게 디멘션 하트를 찾아서 파괴하는 것이 상책이었다.

'다른 공략 보상을 놓칠 수도 있고, 게이트를 채굴하는 것은 당연히 포기해야겠지만……'

게이트 폐쇄는 숨이 붙어 있는 헌터들을 전원 구조할 수 있는 방법이었다.

내가 이용하려고 했던 공동 규칙 8조는 바로 이러한 상황에 대처하기 위해서 만들어진 것이었다.

'하, 원랜 치열하게 혈전이 벌어지는 상황에 끼어들어서 나도 적당히 연극을 하면서 자연스럽게 게이트 폐쇄를 제안

하려고 했는데…….'

혈전은커녕, 헌터들이 일방적으로 터져 나가는 상황을 정리해 주며 모든 보상을 독식한 입장이 되고 말았다.

여기서 갑자기 게이트를 폐쇄하자는 이야기가 나오는 것은 좀 어색하게 들릴 법도 했다.

하지만 이건 내 설계가 잘못되어서가 아니었다.

"……다들 이렇게 약할 줄은 몰랐지."

"뭐라……고요?"

"아, 그러니까 여러분의 상태가 다들 좋지 않잖습니까? 그래서 게이트 폐쇄를 해야 할 것 같다는 뜻입니다. 제가 보기에는 부상자들이 위중해 보여서 말입니다."

부상자들 이야기가 나오자 비로소 헌터들의 눈빛이 조금 변했다.

그리고 그들 사이에서 가장 먼저 정신을 차린 이는 적룡 클랜의 마스터, 주현모였다.

"헌터님, 죄송하지만 저쪽부터 확인하겠습니다."

그는 피를 줄줄 흘리면서도 후다닥 뛰어갔다.

그리고 자신의 클랜원을 안아 들고 챙기는 것이었다.

"윤아야, 괜찮냐?"

"너무 어지러워요. 오빠……."

"안 돼! 정신 차려! 눈 보여? 이거 몇 개야?"

"아, 안 보여요……."

"젠장!"

몸을 일으킨 주현모는 곧바로 김정균에게 달려들었다.

"이 사람 같지도 않은 쓰레기 자식!"

빠악!

남은 힘을 모두 짜내서 놈의 머리통을 걷어찬 것이다.

미처 방어 스킬을 펼칠 틈도 주지 않은 분노의 일격.

"끄허억!"

그리고 시작된 무자비한 구타에 김정균의 얼굴은 순식간에 피범벅이 되었다.

나는 내심 혀를 내둘렀다.

'오, 제법 팰 줄 아는데?'

김정균은 탱커 계열로 보였다.

분명 맷집을 올려 주는 스킬을 여럿 갖추고 있을 텐데, 일격에 뇌진탕이라도 일어났는지 그저 무기력하게 웅크린 채 얻어맞기만 하고 있었다.

엉망이 된 남자가 간신히 소리쳤다.

"도, 도와줘! 도와 달라고!"

그러나 나서는 사람은 없었다.

오히려 김정균에게 구속 마법을 건 소년 마법사는 신경질적인 웃음을 지으며 다가왔다.

"와, 씨바. 배신자가 염치도 없네? 전부 내버리고 튀려고 했던 주제에……. 뭐? 도와 달라고?"

"그, 그건!"

"그건 뭐? 그냥 닥치고 엿이나 드쇼. 이 개자식아!"

퍽! 퍽!

두어 번의 발길질을 보탠 마법사는 이쪽으로 돌아왔다.

그리고 앞서 선녀 귀신에게 공격당했던 궁수 클랜원의 상태를 살펴보더니 나에게 고개를 끄덕이는 것이었다.

"전 게이트 폐쇄에 동의하겠습니다. 클랜도 박살 난 마당에 포션값이라도 아껴야죠."

그런 이유로군.

클랜 마스터인 김정균의 배신으로 인해 더 프라임 클랜은 공중분해된 것이나 다름없었다.

그런 상황에서 동료에게 포션을 들이부으며 챙겨 주는 것은 낭비라고 판단한 듯했다.

'그렇다고 죽어 나가는 걸 지켜볼 수도 없으니까 게이트를 폐쇄시켜서 빠르게 탈출하자?'

참으로 미친 듯이 현명하고 차가운 판단이다.

지구 헌터들이란…….

"그럼 더 프라임 클랜에서 반대하는 사람은 없는 것 같고."

나는 적룡 클랜원들을 향해 고개를 돌렸다.

그리고 더 질문할 필요가 없다는 것을 깨달았다.

"저, 저희도 동의하겠습니다! 아니, 제발 부탁드립니다! 헌터님! 1초라도 빨리 디멘션 하트를 파괴해 주십시오!"

차갑게 식어 가는 소녀를 들쳐 업은 채 돌아온 주현모가 울먹거리면서 나에게 소리쳤으니까.

들어올 땐 몰랐지만, 두 클랜은 사뭇 다른 분위기였다.

어느 쪽이 바람직한 것인지는 말할 필요도 없었다.

"그래, 그래야지."

나는 조용히 중얼거리며 해청의 칼자루를 쥐었다.

이 게이트의 근원체는 멀리 있지 않았다.

'저기 보이는 선녀의 사당.'

그곳에 디멘션 하트가 놓여 있을 것이다.

게이트 바깥.

"하아아암! 으음?"

펼쳐 놓은 파라솔 밑에서 하품을 하던 게이트 통제관은 무언가를 느끼고 뒤로 돌아섰다.

'뭐지?'

게이트는 산길 초입에서 아가리를 벌리고 있었다.

그런데 그 입구에서 무언가 석연찮은 에너지 흐름이 휘몰아치기 시작한 것이었다.

슈우우우우-!

마치 조용한 해변가에서 파도가 높아지고 바람이 거세지

는 것을 실시간으로 느끼고 있는 듯한 기분이었다.

"서, 설마?"

그 설마를 비웃듯이 등장하는 시스템 메시지.

[안내 : 곧 게이트가 폐쇄됩니다. 마력 폭풍에 주의하세요!]

"폐, 폐쇄! 왜! 어째서!"

잠시 어안이 벙벙했지만 그럴 때가 아니었다.

"조 주임! 조한빛 주임!"

통제관은 후임을 향해 황급히 소리쳤다.

"그, 뭐야! 카, 카메라! 카메라부터 켜고 채증 시작해! 어서! 헌터들이 나오면 바로 대응해야 돼!"

지금과 같이 공략이 끝난 뒤에 채굴을 진행하기로 결정한 게이트가 갑자기 폐쇄되는 경우.

최우선적인 책임 소재는 레이드에 참여한 클랜들에게 있었다.

헌터들이 폐쇄 보상을 노리고 고의로 디멘션 하트를 파괴한 게 아닌가 의심하는 것이 자연스럽기 때문이었다.

지금 이 '선녀 원혼의 바위산'처럼 하위 등급의 게이트라면 더더욱 그랬다.

그 때문에 차원통제청의 공무원들은 긴장 속에서 재빨리 움직였다.

"미치겠네. 갑자기 이게 무슨 일이냐? 최 주임! 만일의 경우에도 대비해야 돼!"

"예! 지원 요청을 준비하겠습니다!"

게이트가 폐쇄되면 모든 헌터들이 동시에 퇴장한다.

그러니 약간의 혼란이 빚어질 수밖에 없는데, 이때를 노리고 도주하는 헌터들도 있었다.

'만약 정말로 폐쇄 보상을 노리고 디멘션 하트를 파괴한 것이라면 그렇게 움직일 확률도 있겠지!'

어쩌면 전투가 벌어질 수도 있다.

점점 더 문제가 커지는 일.

'제발 싸우자고 들지만 마라!'

게이트 통제관들은 최악의 가능성을 생각하며 침을 꼴깍 삼켰다.

그리고 다음 순간.

[알림 : D등급 게이트 '선녀 원혼의 바위산'이 폐쇄되었습니다.]

[안내 : 모든 정산이 완료되었습니다. 지금 보상을 확인해 보세요!]

쿠구구구구구─!

게이트가 터지듯이 열리며 마력 폭풍이 쏟아져 나왔다.

통제관들은 두 눈을 부릅뜨며 구형 디지털 카메라와 스마트폰, 제압봉과 경광봉을 움켜잡았다.

사실 그 어느 것도 헌터들로부터 자신들을 보호해 줄 수 없었지만, 지금은 다른 구명줄이 없었으니까.

하지만 통제관들의 걱정은 기우에 불과했다.

"긴급 상황입니다! 구급차 불러 주세요!"

"유, 윤아야! 정신 좀 차려라! 윤아야!"

"이 친구도 치료해야 돼요! 빨리요!"

게이트에서 쏟아져 나온 헌터들이 앞다투어 통제관들에게 달려오고 있었던 것이다.

"어? 응? 뭐, 뭐야?"

피투성이가 되어 헐떡거리는 헌터들의 모습에 통제관들은 잠시 당황했지만 이내 상황을 알아차렸다.

"그, 그! 클랜 규칙 9조! 아니, 8조인가요?"

"아무튼 그거 맞아! 긴급 상황에 의한 폐쇄! 이거 진짜 거의 없는 일인데!"

통제관들은 황급히 모든 것을 내려놓고 응급 처치 키트부터 집어 들었다.

다행히 걱정하던 상황은 벌어지지 않았다.

이제 중요한 것은 사람을 살리는 것이었다.

"조 주임! 의무 지원팀 호출해!"

"여보세요? 예! 헌터 두 명이 위급한 상탭니다! 아니, 세 명요! 근데 이 사람은 어째 상처가 다른데? 어, 아무튼 지금 출발한답니다!"

그렇게 게이트가 닫히는 것과 함께 바리케이드 근처는 완전히 난장판이 되어 버렸다.

　하지만 그 사이에서 냉철한 표정을 짓고 있는 사람이 하나 있었다.

　최원호였다.

　"주현모 헌터, 안심하세요. 동생은 안 죽을 거니까."

　그는 차분한 목소리로 주현모를 다독이기까지 하고 있었다.

　"커흐흑! 감사합니다, 헌터님!"

　"감사는 무슨……. 다 괜찮을 겁니다."

　최원호는 우윤아가 실려 나가는 것을 지켜보며 주현모를 끝까지 위로해 주었다.

　'……사촌동생이었다니.'

　자신 또한 여동생의 치료제를 만들기 위해 이 게이트를 공략한 입장으로서, 주현모의 사정에 내심 신경이 쓰일 수밖에 없었다.

　또 지금도 병원에 있을 윤수가 떠오르기도 했다.

　그래서인지 사례를 하겠다며 연락처를 묻는 주현모를 단칼에 내치지도 못했다.

　"안 그래도 되는데……."

　"헌터님이 아니셨다면 선녀 귀신에게 다 죽었을 겁니다. 식사라도 대접하게 해 주십쇼."

　"뭐, 그래요. 그러면……."

눈물범벅이 된 헌터와 연락처를 교환한 최원호는 쓰게 웃었다.

그리고 구급차에 오르는 헌터들을 배웅하면서도 전혀 알지 못했다.

……그날 주현모와 안면을 튼 것이 어떤 혜택으로 돌아올지.

그가 가진 '야성'이라는 인외의 힘으로도 전혀 읽어 낼 수 없었던 것이다.

"저, 헌터님! 상황 설명 좀 부탁드립니다!"

"클로저스 클랜이라고 하셨죠? 헌터님께서는 어떤 직위에 계십니까? 아, 저는 뉴스 오브 헌터의 양대규 기자인데요. 브리핑이랑 사진 촬영 좀 가능할까요?"

게이트 내부에서 일어난 일을 묻는 통제관들과 기자들.

최원호는 느긋하게 손사래를 쳤다.

"조금만 쉬었다가 하죠. 저도 지쳐서요."

이미 아공간에서 '흐릿한 인상의 모자'를 꺼내서 깊게 눌러 쓴 상태였다.

기자들은 마력 각성자가 아니니 그의 얼굴을 알아보지 못할 터. 언론에 대응하는 것도 문제될 것이 없었다.

"10분만 있다가 브리핑하겠습니다. 아, 저는 클로저스 클랜의 마스터인 백수현입니다. '백수팀장', 또는 'beast.C'이라는 콜네임만 보도해 주시기 바랍니다."

그러자 기자들이 웅성거렸다.

"백수팀장이라……? 청년 실업을 꼬집는 콜네임인 모양이군."

"요즘 실업률이 어마어마하긴 하지."

지금 사용하고 있는 가명 '백수현'에서 따낸 콜네임.

백수팀장.

그것은 백수(白手 : 실업자)가 아니라, 백수(百獸 : 모든 짐승)를 의미하는 것이었지만…….

'군이 정정할 필요는 없겠지.'

언젠가는 다들 그 의미를 알게 될 테니까.

그보다 지금 최원호에게는 서둘러 해 둘 일이 있었다.

'어디 보자.'

바로 이번 게이트를 공략하고 폐쇄한 보상을 정산하는 작업이었다.

사실 시스템 메시지들 때문에 눈앞이 어지러울 정도였다.

[알림 : D등급 게이트 '선녀 원혼의 바위산'이 폐쇄되었습니다.]

[안내 : 모든 정산이 완료되었습니다. 지금 보상을 확인해 보세요!]

짐승같은
뉴비

창덕궁 게이트에 이어, 두 번째로 보는 폐쇄 메시지.

내가 얻은 가장 커다란 보상은 막대한 경험치와 폭발적인 레벨 업이었다.

[알림 : 레벨이 올랐습니다!]
[알림 : 레벨이 올랐습니다!]
[알림 : 레벨이 올랐습니다!]
[……]

도합 여섯 개의 레벨 업 메시지가 나를 반기고 있었다.

이로써 내 레벨은 21에 올랐고…….

–주인, 나도 한 단계 더 성장했어!

[알림 : 무기 '해청'의 레벨이 올랐습니다!]

해청 역시 레벨 3을 달성했다.

"수고했어. 축하한다."

–주인 덕분이지!

[알림 : 무기의 레벨이 3이 되었습니다. 무기의 효과가 추가됩니다!]

[정보 : 근력에 주어지는 보너스가 +4가 되었습니다. 민첩에 주

어지는 보너스가 +3이 되었습니다.]

'그래, 이 맛에 게이트 닫는 건데 다들 그걸 몰라.'

당장 일어나서 춤이라도 추고 싶었지만, 안타깝게도 보는 눈이 너무 많았다.

무엇보다도 난 지금 클로저스 클랜의 대표자로서 게이트 공략 및 폐쇄 브리핑을 기다리고 있는 상황이었다.

무의식적으로 씰룩거리는 입꼬리마저도 겸손하게 만들어야만 했다.

'이번에 얻은 스탯 포인트는 피지컬 스탯에다 골고루 뿌려야겠어.'

〈스테이터스〉

[최원호]

레벨 : 296(-275) → 21

칭호 : 정령왕의 소환자(전체 +1), 정령의 친구(의념 +3), 진실을 꿰뚫어 보는 자(지력 +1), 재주꾼(지력 +1), 막타의 장인(민첩 +3)…….

[전투력 평가]

근력 : 17+6

민첩 : 15+9

체력 : 16+2

지력 : 19+5

의념 : 17+7

마력 : 19+2

남은 포인트 : 0

나도 모르게 웃음이 슬쩍 새어 나왔다.

'그래, 이제야 슬슬 쓸 만해지네.'

하지만 여전히 뉴비 수준인 것도 사실이다.

야성 특성과 그 권능들이 없었다면, 나도 평범한 뉴비 헌터에 불과했을 것이다.

'솔직히 그건 아니겠구나. 무의도 있고 마도도 있으니.'

사실 '재능' 특성이나 '통찰' 특성만으로도 어지간한 헌터들은 눈을 감고도 압도할 수 있을 터.

하지만 고작 이 정도 수준에서 만족을 논하는 것은 우스운 일이었다.

오히려 더더욱 갈증이 생기는 느낌이었다.

'어서 예전의 경지를 회복하고 싶다.'

모든 게이트를 제압할 수 있었던 그 레벨을 하루라도 빨리 되찾아야겠다는 생각이었다.

내 목표는 이 지구의 모든 게이트를 끝장내는 것이었으니까.

'……다음으로 넘어가자.'

두 번째 보상은 선녀 귀신을 사냥하고 얻은 것들이었다.

[보상 : 게이트 보스를 처치한 보상으로 '지상 선녀의 유리구슬'
을 획득했습니다.]
[보상 : 게이트를 폐쇄한 보상으로 '지상 선녀의 유리구슬'이 강
화되어 '천상 선녀의 옥구슬'로 지급됩니다!]

사실 '지상 선녀의 유리구슬'을 받았다면 그건 있으나마나
한 것이었는데…….
게이트를 폐쇄시킨 결과, 보상이 아주 적절하게 업그레이
드되었다.
'그렇잖아도 이런 게 하나 필요했는데. 딱 좋은 타이밍이
야.'
그러니 씰룩거리는 입꼬리를 붙잡고 있기가 여간 어려운
것이 아니었다.

〈천상 선녀의 옥구슬〉
[내단] 지상에서 모든 죄를 씻은 선녀가 천상으로 올라가며 남긴
선력의 근원.
몸을 가볍게 만드는 효과가 있어, 비행 관련 능력을 일신할 수
있다.

즉, 비행 능력을 확 끌어올려 주는 내단.

지금의 나에게 딱 필요한 물건이었다.

사실 난 마도 특성에 포함된 '비행 스킬'도 있고, 야성 특성에 포함된 '폭격조 송골매의 날개' 권능도 가지고 있었지만……

'마나 에너지나 퓨리 에너지의 소모치가 너무 커서 사용할 수가 없는 상황이었어.'

어림짐작으론 레벨 25 정도는 찍어야 간신히 써 볼 수 있을 듯했다.

그런데 이 내단이 내 손에 들어온 것이다.

'옥구슬이라면 이야기가 다르지.'

나는 그것을 곧바로 흡수했다.

그러자 오직 나에게만 보이는 광경이 펼쳐졌다.

여기저기 전화를 걸고, 이 게이트 상황을 정리하기 위해서 움직이는 사람들의 풍경이 거짓말처럼 지워지고……

〈소녀, 낭군님 덕분에 소천할 수 있었사옵니다. 이 은혜를 어찌 갚아야 할지…….〉

앞서 게이트 안에서 네 발로 뛰어다니며 무자비하게 헌터들을 후려치던 그 선녀 귀신이었다.

아까는 인세에 강림한 흉신악살이 따로 없었는데, 지금은 아리따운 선녀 그 자체다.

〈미약하지만 받아 주소서. 소녀가 이 지상에 남기는 마지막 흔적
이옵니다.〉

그녀는 나를 향해 꽃향기 같은 웃음을 지으며 자신의 힘을
보내왔다.
동시에 일순 몸이 가벼워지는 것이 느껴졌다.

[알림 : 내단 '천상 선녀의 옥구슬'이 흡수됩니다.]
[알림 : 특별한 효과 '천상의 날개옷'이 적용됩니다!]
[정보 : 비행에 소모되는 모든 에너지가 크게 줄어듭니다.]

'바로 이거야.'
마력 체계를 타고 흐르는 내단의 효과를 확인하니 확신이
생겼다.
이걸로 나는 당장이라도 날아오를 수 있게 되었다.
마법사로서 비행 스킬을 사용하는 것은 여전히 힘들겠지
만 송골매의 날개를 펼치는 것은 충분했다.
'스탯 포인트를 피지컬에 투자하지 않고 멘털에만 몰아주
더라도 30레벨은 돼야 비행 스킬을 사용할 수 있는 건
데…….'

난 고작 20레벨을 넘은 상황에서 창공을 날아다닐 수 있게 되었다.

역시 이 게이트에서 '천상 선녀의 옥구슬'을 얻은 것은 적절하고도 탁월한 성과라는 생각이 들었다.

〈그럼, 안녕히…….〉

선녀가 하늘로 사라진 뒤, 아까의 풍경이 되돌아왔다.

공무원들과 기자들은 여전히 바쁘게 움직이고 있었다.

이제 마지막 보상의 차례였다.

[알림 : 게이트의 스코어보드에 'beast.C'의 이름으로 1위를 기록했습니다!]

[안내 : 해당 게이트가 폐쇄되어 기록이 영구적으로 고정됩니다.]

[보상 : 영구적인 업적을 남긴 보상으로 'C등급 아티팩트 추첨권'을 획득했습니다! 지금 즉시 사용할 수 있습니다.]

이번에도 아티팩트 뽑기권이었다.

'일전에는 바람 망토를 얻었지. 이번엔 뭐가 나오려나?'

그것만큼은 나도 알 수 없는 일이다.

그러니 지금 당장 추첨권을 사용하고 싶었지만…….

'C등급 아티팩트부터는 쓸 만한 것들이 나올 가능성이 있

어. 그러니까 이건 이따가 집에서 뽑자.'

지금 여기서 뽑았다가는 정말로 표정 관리에 실패할 가능성이 있었다.

그리고 때마침 약속한 10분이 지나기도 했다.

"저, 헌터님! 이제 브리핑 좀 해 주시죠!"

"기사 내보내야 됩니다!"

나는 천천히 고개를 끄덕이며 몸을 일으켰고.

"이제 브리핑 시작하겠습니다."

그러자 내 얼굴을 향해서 카메라 플래시가 터지기 시작했다.

⌣

게이트 공략과 폐쇄에 대한 브리핑이 시작된 후.

기자들은 하나같이 어벙한 표정을 짓고 있었다.

이번 '선녀 원혼의 바위산' 게이트에서 벌어진 사건들이 워낙 충격적이기 때문이었다.

적룡 클랜과 더 프라임 클랜 사이의 신경전이 지나쳐서 중재를 하던 중, 우연히 미니 보스의 흔적을 발견하고 추적하여 사냥에 성공했다.

그사이에 두 클랜 사이에서 경쟁이 다시 시작되어 공략이 오버 페이스 분위기를 띄게 되었는데.

게이트 보스의 전투력을 과소평가한 더 프라임 클랜 탓에 보스 레이드가 실패할 뻔했고……

"……다행스럽게도 주현모 마스터와 우윤아 헌터의 분전 덕분에 게이트 보스를 사냥하는 것에 성공했습니다. 하지만 양 클랜에서 부상자들이 속출하는 바람에 게이트 폐쇄를 결정할 수밖에 없었습니다."

"그건 게이트 출구가 너무 멀리 있었다는 말씀입니까?"

"맞습니다. 바위산 아래에 있는 출구까지 부상자들을 옮기다가는 자칫 사망자가 나올 수도 있다고 판단했습니다. 그래서 급하게 디멘션 하트를 파괴했습니다."

"흐음, 공동 규칙 8조를 이용했다는 말이군."

기자들은 눈을 가늘게 뜨며 최원호의 이야기를 받아 적었다.

그리고 그들은 브리핑 중에 가장 문제적인 부분을 지적했다.

"더 프라임 클랜의 김정균 마스터는 붉은손 시절부터 상황 판단이 정확하기로 유명했는데요. 어쩌다가 보스의 전투력을 과소평가한 겁니까?"

"혹시 이번 게이트 보스에게 뭔가 특이한 부분이라도 있었던 겁니까?"

비정상적으로 강한 전력으로 헌터들을 위기에 빠뜨린 선녀 귀신에 대해 캐묻는 것이었다.

하지만 돌아온 대답은 간단했다.

"모릅니다."

"예?"

"모른다고요. 제가 어떻게 김정균 헌터의 머릿속까지 알겠습니까? 같은 클랜도 아닌데요."

"아니, 그래도……."

"개인적으로 보기에 이번 보스에게 따로 특별한 점은 없었습니다. 헌터들의 진형이 흐트러지며 난전이 벌어진 탓에 다들 당황했을 뿐입니다. 이건 주현모 마스터에게 크로스체크해 보시면 확실히 알 수 있겠죠?"

"……."

최원호는 여유 있게 답변하자 기자들은 더 이상 캐묻지 못했다.

그게 사실이었으니까.

최원호가 정한 이번 브리핑의 키포인트는 아주 간단했다.

'잘한 건 주현모에게 밀어주고, 못한 건 김정균 탓으로 돌린다.'

정작 게이트 안에서 두 사람이 거둔 성과는 반대였지만 말이다.

'사실은 적룡 클랜이 상대적으로 부진했고 더 프라임 클랜

의 퍼포먼스가 좋았지만, 그건 아무래도 상관없어.'

모든 것은 실질적으로 게이트를 마무리 지은 자신의 입을 통해 정리된다.

'크게 사실과 어긋나지 않는다면 반박하기도 힘들 테고.'

클랜원들을 버리고 도망가다가 하극상으로 보복당한 김정균은 입을 다물 수밖에 없다.

그것을 잘 알고 있는 최원호는 능수능란하게 브리핑을 이끌어 갔다.

기자들은 더더욱 의문을 가질 수밖에 없었다.

"클로저스? 여기 신생 클랜인 것 같은데 마스터가 너무 능숙하지 않아?"

"그러게. 신기하게 막히는 게 하나도 없어. 아까 모자 쓰기 전에 보기로는 엄청 어려 보였는데 말이야. 꼭 몇십년은 구른 베테랑 같잖아?"

물 흐르듯이 자연스럽게 게이트 브리핑을 해 나가는 최원호를 보며 속닥거리는 기자들.

결과적으로 그들이 써 낸 기사는 다음과 같았다.

[데일리 비이트] 북한산 게이트의 긴급 폐쇄는 '현장 판단'에 의한 것으로 밝혀져.

[뉴스 오브 헌터] '사망자 無' 라이벌의 과열 경쟁을 중재하며 공략을 성공시킨 클로저스 클랜!

[오늘의 공략] "공동 규칙 8조를 활용했을 뿐" 클로저스의 '백수팀장'은 누구?

언론의 관심이 서서히 시작된 것은 정확히 내가 의도한 대로였다.

'이제 막 시작한 신생 클랜이지만…….'

머잖아 모두가 클로저스라는 이름을 알게 될 것이다.

그리고 이 클랜의 존재 이유도 깨닫게 되겠지.

"……저, 헌터님, 죄송하지만 부서진 디멘션 하트는 저희가 수거하도록 되어 있어서요. 협조 부탁드립니다."

"아, 네. 알겠습니다."

마지막으로 통제관들에게 파괴된 디멘션 하트의 조각들을 건네주는 것으로, 현장은 그렇게 마무리되었다.

디멘션 하트도 마력원의 하나로써 힘을 일부 머금고 있긴 했지만 난 그리 아까움을 느끼지 않았다.

'혹시 해청처럼 뭔가가 깃들어 있진 않을까 기대했는데 그런 건 전혀 없었어.'

차원통제청의 공무원들은 게이트 공략 대금은 5일 안에 입금될 것이라는 이야기를 전한 뒤 철수했다.

'끝났군. 나도 돌아가야겠다.'

나는 홀가분한 마음으로 돌아섰다.

답답한 모자를 벗기 위해 챙을 붙잡은 그 순간.

"저기요!"

"……?"

멀찍이서 존재감을 감추고 있던 누군가가 나를 향해 성큼 성큼 다가오고 있었다.

뿔테 안경을 쓴 작은 체구의 소녀.

쓰고 있는 그 안경은 아마도 내 모자와 마찬가지로 얼굴 인식을 방해하는 아티팩트인 듯했다.

하지만 나는 그 얼굴을 정확히 알아볼 수 있었다.

'얘가 왜 여기서 나와?'

……이미 한번 보았던 얼굴은 인식 저해 기능이 작동하지 않았으니까.

그건 저쪽에게도 마찬가지였다.

나를 알아본 소녀가 안경을 벗으며 빙긋 웃었다.

"또 만나네요, 백수현 씨. 잠깐 이야기 좀 할 수 있을까요?"

무진 그룹의 6팀장 '겨울공주'가 나에게 옅은 미소를 보내 고 있었다.

᠅

얼른 집으로 돌아가서 신우에게 치료제를 먹이고 싶었는

데, 뜻밖의 인물을 만나는 바람에 발목을 잡혔다.

하지만 그게 나쁜 일인 것만은 아니었다.

"커피는 제가 살게요."

"왜요?"

"반가워서요."

겨울공주가 나에게 호의를 보이고 있었으니까.

"아이스 아메리카노 두 잔 주세요. 조각 케이크도 하나 먹을까요?"

근데 왜 이러는 건지 모르겠다.

아무튼 나는 이상하게 신이 난 소녀와 함께 근처 카페에 자리를 잡고 앉아 대화를 시작했다.

"어디부터 보셨죠?"

"게이트에서 나오실 때부터요."

처음부터 봤단 얘기네.

곧이곧대로 모든 것을 이야기할 순 없다.

'미끼를 던지고 반응을 한번 보자.'

나는 진실과 거짓을 적당히 섞어서 살살 풀어놓았고…….

"아아, 그런 사정이 있었군요? 하긴 아주 없는 일은 아니라고 들었어요."

꼬맹이는 몹시 흥미롭다는 얼굴로 고개를 끄덕이고 있었다.

내 이야기에 수긍할 수밖에 없었으니까.

이중 소속.

어째서 내가 '클로저스'라는 소속으로 이 게이트를 공략한 것인지 묻는 겨울공주에게는 이 대답이 딱 적당했다.

쉽게 말하자면 두 클랜에서 동시에 일하는 식으로 '투잡'을 뛰고 있단 이야기였다.

'어차피 블랙핑거에서 활동할 생각은 없지만…….'

적어도 여기선 이렇게 해 두는 게 나았다.

그리고 이 꼬맹이가 어떻게 나오는지 한번 보자는 생각도 있었고.

"……제가 돈이 좀 필요했거든요."

나는 짐짓 난처한 얼굴을 연기했다.

"그러니까 죄송하지만 블랙핑거 클랜에는 비밀로 부탁드리겠습니다. 가뜩이나 최근에 큰일을 겪었는데 지휘부에서 이 사실을 알게 되면 여러모로 골치가 아플 테니까요."

사실 이규란이든 도승이든, 내가 여기서 이러고 있다는 것을 아는 것은 별로 상관없는 일이었다.

하지만 나는 일단 상황을 그럴싸하게 만드는 쪽으로 방향을 잡았고, 겨울공주는 의미심장한 미소를 지으며 대꾸했다.

"그럴 수 있죠. 엄청 바쁘시겠어요. 비밀은 꼭 지켜 드릴게요."

그 순간, 보름달 여우의 권능을 통해 소녀로부터 흘러들어 오는 짧은 생각.

-와, 신기해. 재밌어!

'……끝?'

나는 쭉 빨아들이던 아이스 아메리카노를 고스란히 뿜어 낼 뻔했다.

'이게 다야? 김빠지네.'

아무래도 겨울공주는 그냥 내 비밀 하나를 알게 되어서 신이 난 모양이었다.

이용할 생각도 없고, 내가 흘린 이야기 자체에 흥미를 느끼고 있었다.

'조금 더 깊은 생각을 알고 싶긴 한데.'

안타깝게도 슬슬 정신 방벽이 갖추어지기 시작했는지 더 깊은 생각은 들려오지 않았다.

고강한 경지에 이른 마법사들은 허심(虛心)을 이용해서 독심술을 사용하는 상대를 거꾸로 속이기도 한다.

하지만 지금 눈앞에 앉아 있는 이 꼬맹이는 그럴 수 있는 경지가 아니었다.

결론적으로 이건 순수한 호감에 가까웠다.

"사실 오빠를 처음 만났을 때부터 뭔가 심상치 않다는 느낌을 받긴 했어요."

……갑자기 오빠가 됐다.

쉰 살 정도 더 먹은 입장에서 양심의 가책이 뼈아프게 느껴졌다.

'뭐 그래도 나쁘진 않네.'

아저씨나 할아버지로 불리는 것보다야 백배 낫잖아?

"아, 그 '백수현'이라는 이름도 가명이 아닐까 하는 생각도 들었고요. 맞죠? 가명이죠?"

"하하."

나는 꼬마의 들뜬 목소리에 그냥 피식 웃어 주는 것으로 대답을 대신했다.

긴장이 풀리고 생각해 보니 꽤나 재밌었다.

'이 꼬맹이, 인천 게이트 앞에서 만났을 때는 이름값 하는 느낌이었는데.'

오늘 다시 만나니 상당히 다른 느낌이었다.

무진 그룹의 하얀 무복이 아닌, 평범한 청바지와 반팔 티셔츠를 입고 있는 것부터 그랬다.

……그냥 딱 여고생스럽다고 할까.

"혹시 물어봐도 될까요? 지금은 어떤 이름을 사용하고 계신지?"

"아까 듣지 않았어요? 백수팀장이라고요."

"그런 콜네임 말고 이름 말이에요."

"그건 비밀이라서."

"후후, 그럴 줄 알았어요."

-그냥 알려 줬으면 실망했을 거야.

알고 싶다는 건지, 모르고 싶다는 건지…….

'그땐 일 때문에 만난 자리였고, 지금은 사석이라는 건가? 재밌는 꼬맹이네.'

물론 우리가 정답게 사담을 나눌 사이는 아니었다.

본론이 시작되었다.

"사실 아까 김정균 헌터가 실려 나가는 걸 슬쩍 봤는데요……."

소녀는 조그만 입술로 차가운 커피를 쪽 빨아서 마시더니 나를 향해서 조심스럽게 의문을 제기했다.

"몬스터보다는 사람에게 공격당한 것 같던데요? 혹시 뭔가 내분 같은 게 일어난 건 아닌가요?"

이야, 눈썰미 보소.

과연 무진이 자랑하는 루키다웠다.

하지만 나는 빙긋 웃으며 연막을 쳤다.

"게이트 보스가 인간형이라서 그렇게 보인 것 아닐까요?"

"아닌가……?"

겨울공주는 뺨을 긁적이고 말았다.

사실 이 꼬마가 여기 나타난 것도 무진 그룹의 일을 처리하기 위해서였다.

명성이 자자한 겨울공주께서 한갓진 정릉동 D등급 게이

트까지 왕림한 이유.

"혹시 더 프라임 클랜에 무슨 볼일이라도 있는 건가요?"

"더 프라임 클랜한테만 용건이 있는 건 아니고요. 사실은……."

나는 전혀 예상하지 못했던 이야기를 들을 수 있었다.

"최근에 저희 클랜으로 '피의 지배'라는 이상한 스킬에 대해서 제보가 들어왔거든요."

"……!"

"그걸 조사하려고 왔어요. 몇몇 루키급의 헌터들이 이상한 행동을 보이고 있다고 해서요."

피의 지배.

신인류가 권속을 만드는 그 스킬이었다.

'그럼 무진 그룹도 신인류를 추적하는 중이란 말인가?'

공교로운 우연이다.

"……."

나는 아이스 아메리카노를 담은 유리컵이 제법 큰 사이즈라는 사실에 감사할 수밖에 없었다.

정말로 표정 관리가 쉽지 않았으니까.

컵으로 입가를 가린 나에게 겨울공주는 자세한 이야기를 풀어놓았다.

"전 마스터의 명령을 받아서 더 프라임과 적룡의 헌터들을 지켜보려고 온 거예요. 근데 그럴 만한 상황이 아니네요. 딱히 관련이 있는 것 같지도 않고요."

"……흠음, 그렇군요."

"혹시 오빠는 뭔가 알고 계신가요? 게이트 안에서 수상한 증상이나 행동을 보셨다거나……."

"수상한 증상이나 행동……?"

나는 말꼬리를 흐리며 생각에 잠겼다.

여러 생각이 스쳤지만 섣불리 입을 열 수는 없었다.

지금으로써는 신인류와 무진 그룹이 정확히 어떤 관계인지 알 수가 없었으니까.

'하지만 나보다 자세히 알고 있는 눈치는 아닌 것 같기도 하고…….'

여러모로 애매한 상황.

그래서 나는 정보를 제공하거나 아주 모르는 척을 하는 대신, 거꾸로 질문을 걸어 봤다.

"그 수상한 증상이나 행동이라는 게 정확히 뭘 말하는 건지 좀 더 이야기해 줄 수 있을까요?"

그러자 겨울공주의 하얀 얼굴에 예의 그 차분한 표정이 떠올랐다.

"숨길 것도 없죠. 사실 베테랑 헌터들 사이에서는 공공연하게 알려진 이야기거든요."

소녀는 잠시 생각을 정리하더니 설명하기 시작했다.

"피의 지배라는 스킬을 사용하는 헌터들은 정체가 불분명

한 마력을 사용하는데, 레벨에 걸맞지 않게 비정상적으로 강력하다고 해요. 유난히 냉혹하게 행동한다고도 하고요."

정확하게는 그들이 스킬을 사용한 게 아니라, 스킬의 대상이 된 것이었다.

'하지만 다른 건 꽤 정확하게 파악하고 있는데?'

"아무튼 그 스킬을 사용하는 헌터들에게 살해당한 것으로 짐작되는 희생자들이 좀 생겼어요. 서울에서 세 명, 부산에서 두 명, 대전에서 한 명⋯⋯. 또 뭐가 있었더라?"

꼬맹이는 발끝을 까딱거리다가 손가락을 흔들며 덧붙였다.

"아, 차원통제청에서도 조사를 하고 있는 것 같은데 아직 확실하게 드러난 건 없다나 봐요. 그래서 비밀에 부쳐 둔 모양이지만, 그거야 그쪽 사정이고. 우린 우리의 일을 하는 거죠. 그래서 이렇게 조사 중이고요."

'차원통제청에서도 뒤를 쫓고 있다⋯⋯?'

그 공무원 아저씨가 일을 잘하고 있나 보네.

이건 나에게도 새로운 정보였다.

난 고개를 끄덕이며 한 가지를 더 되물었다.

"그러면 그런 헌터들이 언제부터 생겨났는지도 알고 있습니까?"

"음, 그건 정확히 파악이 안 돼요. 하지만 추측하기로는 4, 5년 정도? 정보팀장님 이야기로는 그렇대요."

"⋯⋯그렇군요."

어느새 유리컵은 바닥을 드러낸 상태였다.

그리고 나는 겨울공주에게 마지막 질문을 던졌다.

"그런데, 이런 정보를 나에게 공개해도 되는 건가요?"

이야기가 시작된 순간부터 의아스러웠던 지점이었다.

무진 그룹에게 나는 외부인에 불과했다.

한데 겨울공주는 아무렇지도 않게 알고 있는 것을 다 이야기해 주었다.

꼬맹이가 그저 순진해서 그런 것이라는 생각은 들지 않았다.

'의도가 뭐지?'

"아, 그건……."

하얀 얼굴의 소녀는 가만히 나를 바라보며 입을 열었다.

"오빠도 감시 대상에 들어가 있으니까요."

'……역시.'

"만약 오빠가 그 스킬을 사용하는 냉혈한들 중 하나라면 이 이야기는 의미가 없었을 것이고, 그렇지 않다면 그들에 대해 주의하라는 이야기가 되었겠죠."

정보 공유 차원에서 이야기해 주더라도 손해 볼 건 없다는 건가.

"아직 실체는 불명확하지만, 정말로 그들이 무자비하게 사람들을 살해하는 사이코패스 집단이라면……."

겨울공주는 모처럼 이름값을 하듯 냉엄한 목소리로 말을

이었다.

"우리 무진 그룹은 고의로 사람들을 해치는 헌터들을 좌시
하지 않을 거예요. 그런 것들은 절대로 존재해서는 안 되는
존재들이에요. 게이트 안이든, 밖이든."

'우리 무진 그룹은 좌시하지 않을 것이다…….'
가만 생각하니 좀 귀엽네.
꼭 본인이 클랜 마스터처럼 이야기한 거잖아?
그만큼 클랜에 대한 애착이 크다는 뜻이다.
'올노운 입장에서는 뿌듯하겠어.'
어쨌거나 덕분에 정보도 얻었고…….

─오빠, 전화번호 좀 알려 주세요. 아, 다음부턴 말씀 편
하게 해 주시고요.

겨울공주와 연락처도 교환했다.
혹시라도 뭔가 알게 되면 곧바로 연락을 달라는 이야기
였다.
하지만 나는 이 연락처를 좀 더 크게 써먹을 계획을 세우
고 있었다.

보험.

'무진 그룹이 신인류를 적대하는 것이 확실하다면 이건 보험으로 쓸 수 있는 거잖아?'

보험치고는 덩치가 너무 크긴 하지만, 그게 나쁘다는 뜻은 절대 아니었다.

'오히려 좋아도 너무 좋은 보험이지.'

나는 현관문 앞에서 피식 웃으며 비밀번호를 누르고 안으로 들어섰다.

"이리 오너라, 오빠 왔다."

그러자 신우가 뽀르르 튀어나와서 눈빛을 반짝거리기 시작했다.

"기사 잘 나왔더라! 데뷔전 축하해!"

"무슨 데뷔전? 어? 아니, 뭐 이런 것까지……?"

여동생은 촛불을 세 개 꽂은 케이크까지 들고 있었다.

심지어 'CAPTAIN BEAST'라고 레터링까지 욱여넣은 끔찍한 데코레이션.

나는 황당함을 느꼈지만 미처 뭐라 말할 수가 없었다.

"뭐, 인마. 데뷔전 맞잖아? 백수팀장님아."

이코까지 튀어나와서 히죽거리기 시작했으니까.

"오빠, 솔직히 좀 웃기긴 한데 그만큼 기억엔 잘 남으니까 마케팅 포인트로는 좋을 듯?"

"내가 지었지만 잘 짓지 않았냐?"

"아, 이코 오빠 작품이었어? 어쩐지…… 우리 오빠가 직접 붙인 거였으면 혈연이었지만 못 참았을 거야."

"아 씨! 신우야, 사실 쟨 백수왕이라고 하고 싶어 했다고."

"뭐? 그럼 '킹 비스트'? 너무 극혐인데?"

"아니, 내가 언제……."

두 사람이 티카타카로 떠들어 대기 시작하자 할 말이 없어져 버렸다.

"에휴, 그래. 맘대로 해라."

데뷔전이라는 게 아주 틀린 말은 아니었다.

이번 공략은 클로저스라는 이름을 처음으로 알린 공략이었으니까.

"이 새끼들이, 그래도 캡틴 비스트가 뭐냐? 이거 한 글자마다 돈 받는 거 아냐?"

"맞아. 이왕 하는 김에 캡틴 잡리스(jobless)로 할 걸 그랬나?"

"제발 닥쳐 주세요, 경재현 씨."

……그래도 낄낄거리는 두 사람을 보니 왠지 마음이 포근해지는 기분이다.

296이라는 레벨이 초기화되긴 했어도 지구로 돌아온 것은 역시 후회 없는 선택이었다.

"후우우-! 자, 됐지?"

촛불을 불어 두 사람에게 장단을 맞춰 준 나는 곧바로 아공간 주머니를 열었다.

축하가 나쁜 건 아니지만, 이럴 때가 아니었다.

"최신우, 너 빨리 식탁 의자 갖고 와서 여기 앉아."

"응? 왜? 이제 저녁 먹어야지. 이코 오빠가 계속 소고기 타령해서 사다 놨는데?"

"아니, 소고기는 나가서 먹고. 당장 이것부터 해."

내가 꺼내 든 것은 땅의 정령력을 담은 유리병이었다.

더 지체할 필요가 없다.

지금 즉시 신우의 망가진 마력 체계를 바로잡을 생각이었다.

꼬리를 잡은 뉴비 (1)

좁은 아파트의 거실 한복판에서는 숨 막히는 긴장감이 흐르고 있었다.

"워, 원호야, 정말 괜찮은 거냐? 난 이런 불법 시술에 대해서 들어 본 적이 없는데."

"어허, 불법 시술이라니! 이게 무슨 보톡스냐? 엄연한 마법 치료라고!"

"······."

경재현의 입을 간단히 막아 버린 최원호.

그는 유난히 반짝거리는 눈으로 여동생을 바라보았다.

"준비됐지?"

"으, 으응······."

말은 그렇게 했지만 무서운 듯했다.

식탁 의자에 다리를 모으고 앉은 최신우는 식은땀을 뻘뻘 흘리는 중이었다.

꿀꺽.

그녀의 머릿속에는 수없이 많은 생각이 회오리치고 있었다.

'정말 괜찮은 걸까? 죽는 거 아냐? 뭔가 잘못되면 어떡하지?'

오빠가 마력 체계를 회복시킬 치료제를 가지고 오겠다고 했을 땐 전혀 믿지 않았다.

이미 알아볼 만큼 알아봤고.

이런 증상에 빠진 헌터들 모두가 치료를 포기했음을 알고 있었기 때문이다.

그러니까 으레 하는 허세겠거니, 했는데…….

"자, 입 벌려. 치료제 들어간다!"

"으아아아! 자, 잠깐!"

"약이 들어간다! 쭈욱, 쭉쭉- 쭉!"

"야! 이 미친 오빠야! 난 긴장돼서 미칠 거 같다고! 이런 상황에서 농담이야?"

"어. 나라도 긴장하지 않아야지. 지금 너랑 이코랑 둘 다 동태처럼 굳어서 되게 못생겼거든. 이 클랜 하우스의 미적 평균을 유지하기 위해서 나라도 정신 차려야겠다 싶어. 자! 입 열어!"

최원호는 웃음기마저 띤 얼굴로 유리병을 들이밀고 있었다.

여동생이 갈색 유리병을 쥐고 심호흡을 하자 그는 피식 웃었다.

"왜 이렇게 긴장을 하냐? 그냥 가만있기만 하면 된다니까? 아, 약간 따끔할 순 있어."

"……어째 치과에서 신경 치료할 때 많이 들어 본 멘트네."

하지만 이번에는 아프다고 팔을 드는 것으로 끝나진 않을 것 같았다.

"하, 그래 설마 오빠가 나 죽으라고 독약을 주진 않았겠지."

최신우는 한차례 길게 심호흡한 뒤 유리병의 내용물을 단숨에 들이켜기 시작했다.

"어때? 똥 맛 카레야? 아니면 카레 맛 똥이야?"

옆에서 헛소리를 지껄이는 오빠를 걷어차고 싶은 마음을 꾹 누르며 몽글거리는 힘을 받아들인 그 순간.

"으읍!"

그녀는 아득한 현기증을 느끼며 눈을 부릅떴다.

"오케이, 그만. 다 먹지는 마."

지켜보던 최원호는 정령력이 적당히 들어갔다는 것을 확인하고 유리병을 낚아챘다.

하지만 최신우는 여전히 눈을 부릅뜨고 있었다.

"……!"

그녀의 하얀 목 줄기에 핏대가 솟고, 얼굴이 터질 것처럼 벌겋게 달아오른 그때.

츠츠츠츠츠츠－!

몸속에서는 새로운 힘이 줄기줄기 뻗어 나가고 있었다.

끊어진 길을 다시 잇고.

망가진 회로를 복구하고.

터져 버린 마력의 파이프를 교체하는 작업이었다.

그녀의 눈은 시스템 메시지를 보고 있었다.

　[알림 : 내단 '가득 찬 땅의 정령력'이 흡수됩니다.]

　[알림 : 흡수된 내단이 손상된 마력 체계와 상호작용을 시작했습니다.]

　[알림 : 특별한 효과 '생명의 재생'이 적용됩니다!]

　[안내 : 손상되어 있던 마력 체계가 완전히 재정립되는 작업이 진행됩니다!]

그 덕분에 확실히 알 수 있었다.

'진짜야! 정말로 마력 체계가 다시 세워지는 거야!'

아직 목소리를 낼 순 없었지만 최신우는 환호를 올렸다.

몸을 두들기는 격통?

이 정도쯤은 얼마든지 참을 수 있었다.

잃어버린 힘을 되찾을 수 있다면 이까짓 아픔은 얼마든지 견딜 수 있다고 생각했다.

바로 그때.

"음, 생각보다 잘 참네?"

그녀의 오빠가 사뭇 수상한 얼굴로 고개를 끄덕였다.

"자, 그러면 우리 조금만 더 욕심을 내 볼까?"

'욕심? 무슨 욕심?'

숨조차 쉴 수 없는 고통 속에 잠겨 있었지만 최신우는 불길함을 느꼈다.

최원호는 짧게 설명했다.

"마력 체계의 효율성 향상. 근데 약간 더 따끔할 거야."

……여기서 더 아프다고?

'아, 안 그래도 되는데! 효율성 괜찮은데!'

"너도 더 강해지면 좋잖아?"

'오빠! 하지 마! 야! 하지 말라고!'

"응, 할 거야."

최원호는 심술궂게 웃으며 여동생의 등에다 손을 가볍게 올리고는 자신의 마력을 투사하기 시작했다.

그 순간, 최신우는 몸을 비틀며 비명을 토해 냈다.

"끄아아아아악!"

[알림 : 마력 체계를 재정립하는 작업 중, 알 수 없는 마력이 개입하여 윤활 작용을 시작했습니다.]

[안내 : 특별한 효과 '생명의 재생'의 완성도가 증가합니다!]
[정보 : 마력 체계의 처리 효율이 영구적으로 5% 향상되었습니다.]
[안내 : 앞으로 남은 시간은 2분 24초……]

"냉혹한 프로 헌터의 세계에서 5%는 천당과 지옥을 가를 수 있는 법. 하해와 같은 오빠의 은혜에 감사하도록."

"제, 제발……."

"어, 그래. 아까 캡틴 비스트 케이크에 대한 보답이다. 너무 고마웠거든."

"오빠, 나 죽어……."

"네, 안 죽어요."

"끄아아악!"

"그러고 보니 층간 소음은 괜찮을라나?"

나중에 케이크이라도 나누어 드려야겠다는 생각과 함께 최원호는 마력을 불어넣는 작업에 박차를 가했다.

……그렇게 2분여가 흐른 뒤.

"끄흐으으……."

"벌써 끝났어? 아쉽군."

"오빠, 죽이고 싶을 만큼 고마워……. 정말……."

최신우는 유언 같은 감사 인사를 남기며 혼절하고 말았다.

그렇게 그녀는 마력을 되찾았다.

[알림 : 마력 체계가 복구되었습니다!]

[업적 : 이 세계에서 처음으로 일어난 사건입니다.]

[알림 : 새로운 칭호 '극복한 자'가 복구됩니다!]

세간에는 '한채미'로 알려진 R3급 마법 헌터 'Hanchemi'.

최원호가 '한'국 '채'고의 '미'녀 마법사가 되라고 놀리면서
지어 주었던, 그 콜네임 역시 부활할 시간이 된 것이다.

어슴푸레한 어둠 속에 잠긴 서재.

"……."

황금빛으로 일렁이는 술잔을 쥔 소녀

그녀는 책상에 앉아 차가운 눈으로 서류철을 내려다보고
있었다.

각기 다른 언어로 작성되어 있는 수십 건의 문건 중.

특히 그녀의 시선에 걸린 정보는 이러했다.

클로저스 클랜의 마스터 헌터인 '백수팀장'은 이번 게이트
에 대해 '특별한 것은 없었다'고 평가했다.

이번 피해는 다른 두 클랜이 방심한 결과라는 의미다.

그는 게이트 보스를 직접 사냥하고도 오히려 '주현모 마스

터와 우윤아 헌터의 분전 덕분'이라며 공을 돌리는…….

여자는 잔을 책상 위에 내려놓으며 가만히 읊조렸다.

"'클로저스'라……."

우연이겠지만 반가운 이름이었다.

자신에게도 추억이 깃든 이름이었으니까.

그러자 서재를 휘감은 어둠의 한 자락에서 목소리가 흘러나왔다.

"재밌네요. 설마 옛 추억을 생각하시는 겁니까?"

여자를 향해 묻는 그림자의 목소리에는 묘한 비아냥의 어조가 깃들어 있었다.

마치 그런 것을 떠올릴 자격이 있느냐는 말투.

하지만 소녀는 반응하지 않았다.

그저 신문 기사를 다시 한번 읽고는, 아티팩트로 얼굴을 가린 남자의 사진에 한차례 시선을 던졌을 뿐.

그러자 그림자는 킬킬거리며 웃었다.

"하! 정말로 미련을 가지고 있는 눈동자로군요. 이럴 때면 전 흥미로움을 넘어서 기이함마저 느낍니다."

"……."

"아무것도 아닌 것들인데! 다 지나가고 사라진 허상일 뿐인데! 어째서 당신네는 그토록 아둔하고 미련하게 이 위대한 우주의 에너지를 낭비하고 있는 것인지……."

술잔이 날아든 것은 그 순간이었다.

쨍그랑!

"키에에에엑!"

술을 뒤집어쓴 그림자가 비명을 내질렀다.

"그새 독을 담았군요! 따갑잖습니까!"

"그럼 날 자극하지 말았어야지."

"쳇."

주절거리는 그림자에게 붉은 맹독이 담긴 술잔을 던져 침묵하도록 만들었지만.

여자는 그 이야기를 반박하진 못했다.

……사실이었으니까.

클로저스는 클랜 이름으로 흔히 사용되는 단어고.

그 '백수팀장'에 대한 뉴스 기사는 하루에도 수십 개씩 올라오는 게이트 소식 중 하나에 불과했다.

그런데 그것만으로 옛 생각에 젖고 말았다.

'감정 같은 건 다 버렸다고 생각했는데……. 아직 멀었군.'

자신에게 가만히 혀를 찬 그녀는 부서진 술잔을 향해 손끝을 흔들었다.

그러자…….

스르륵!

놀랍게도 술잔은 시간을 되돌린 것처럼 재조립되어 돌아왔다.

하지만 쏟아진 내용물은 다시 그렇지 않았다.

묘한 일이었다.

하지만 여자는 아무렇지 않게 술병을 기울여서 새로 술을 따라 냈다.

그리고는 '백수팀장'의 이야기가 담긴 서류철을 쓰레기통에다 처박았다.

차가운 빛을 머금은 눈동자가 그림자를 노려보았다.

"우린 차질 없이 진행한다. 다른 권역의 일은 신경 쓰지 않겠어."

그러자 어둠은 다시 웃었다.

"물론 그래야지요. 그분께 버려지지 않고 싶지 않다면 말입니다."

이튿날 아침, 출근하기 위해 신발을 신은 신우는 묘한 표정을 짓고 있었다.

"나, 기분이 너무 이상해. 정말로 나한테 마력이 돌아오다니."

그 희열과 감동이 뒤섞인 얼굴에 나는 피식 웃고 말았다.

"진짜 못생겼다. 어떻게 저렇게 생겼을까?"

하지만 여동생은 나에게 발끈하지 않았다.

오히려 부담스러울 만큼 초롱초롱한 눈으로 나에게 감사를 표했다.

"고마워. 오빠가 아니었으면 난 평생 마법 불구로 살았겠지? 정말 고마워. 더럽게 아프긴 했지만 말이야."

"크흠!"

나는 쑥스러움을 느끼며 손짓했다.

"됐고. 징그러운 소리 그만하고 출근이나 해. 가서 무슨 일을 해야 하는지는 알고 있지?"

"당연하지."

신우는 마력이 일렁거리는 눈으로 자신 있게 고개를 끄덕였다.

"심층 기억 제어를 이용해서 고미정의 물건에서 신인류에 대한 정보를 찾아내는 것. 저를 전적으로 믿고 맡기시면 됩니다, 오라버니!"

"조심해라. 볼 때마다 느끼는 거지만 보통 여자가 아니야."

"그건 내가 제일 잘 알지. 사실 오빠가 생각하는 것보다도 더 어마어마한 쌍년이거든."

"고미정도 그렇지만, 신인류가 생각보다 넓게 퍼져 있을 수도 있다는 생각이 들어."

"알았어. 조심해서 알아볼게. 갔다 올게!"

겨울공주를 통해서 무진 그룹이 직접 신인류를 추적하기

시작했다는 이야기를 들은 뒤.

나는 이코의 정보망을 이용해서 몇 가지를 체크해 보았다.

그러고는 상당히 놀랄 수밖에 없었다.

'뭐야? 무진의 2군 헌터들이 수사에 전부 투입된 거야?'

100% 확실한 것은 아니지만 그렇게 추론할 수 있는 정황이 있었다.

최근 2주 사이, 무진 그룹은 레벨 50 이하의 헌터들을 게이트 공략에 투입하지 않았다.

이상하게도 고급 인력들을 외부에서만 놀린 것이다.

몇몇은 아예 활동 기록 자체가 비어 있었다.

'이건 어쩌면 겨울공주가 그랬던 것처럼 위장 상태로 루키급 헌터들을 감시하는 임무를 수행했다는 뜻일 수도 있겠는데…….'

그러고 보면 겨울공주는 무진 그룹의 3군 중에서도 팀장급으로서 당장 2군으로 콜업 되더라도 이상하지 않은 헌터였다.

이코 역시 그녀가 사실상 2군급 전력이라고 확인해 주었다.

겨울공주가 했던 말이 떠올랐다.

-우리 무진 그룹은 고의로 사람들을 해치는 헌터들을 좌시하지 않을 거예요. 그들은 절대로 존재해서는 안 되는 존

재들이에요. 게이트 안이든, 밖이든.

'……2군이 전원 출동한 상태라서 그렇게 자신 있게 말한
거였나?'

내 추측이 맞다면 무진 그룹에서는 2군급 헌터들이 총동
원되어 신인류를 뒤쫓고 있고, 꽤나 큰 손해를 감수하고 있
다는 이야기가 된다.

이건 그만큼 신인류의 영향력이 넓게 퍼져 상태라고 생각
해 볼 수 있는 정황이었다.

'어쩌면 그 월미도 오크 게이트의 하청을 심혁필에게 준
것도 사실은 무진 그룹의 노림수였을지도 모르겠어.'

무진 그룹 측에서는 심혁필이 피의 지배라는 스킬과 관련
이 있다는 것을 이미 알고 있을 수도 있다.

그럼 고미정은 어떨까? 과연 그 여자도 신인류일까?

'신우가 단서를 잡아낼 수 있을 거야.'

그러니 나는 믿고 기다릴 작정이었다.

……하지만 일주일이라는 시간이 흐르고.

신우가 고미정의 모든 소지품의 기억을 체크했음에도 불
구하고.

단서는 아무것도 발견되지 않았다.

그사이, 나는 레벨 27를 달성했다.

당연한 상식이지만 헌터 레벨이 높아질수록 레벨 업의 속도는 점점 느려진다.

레벨 30을 넘어 R등급 라이선스를 취득한 헌터들은 조금이라도 많은 레이드에 참가하기 위해 연봉을 삭감하며 특약이 달린 계약을 맺는 경우도 있었다.

그렇게 해야 1년에 꼬박 5레벨 정도 올리는 것이 평균이었다.

하지만 나는 일주일 사이에 무려 여섯 계단을 뛰어올랐다.

아직은 30에 도달하지 않은 뉴비급 헌터라고 해도, 전례가 없는 속도였다.

'그러고 보니 N등급 라이선스를 따야 하는데……'

너무 귀찮네.

"이코가 대신 따 줄 순 없나?"

어쨌거나 내 레벨 업의 비결은 세 군데의 게이트를 공략한 덕분이었다.

전라북도 장수의 E등급 게이트 '옐로 리자드맨의 마을'.

충청남도 서산의 D등급 게이트 '녹슨 기계거인의 공장'.

강원도 양양에 열린 D등급 게이트 '보이지 않는 유리인형의 성'까지.

단지 공략만 했다면 여섯 계단을 뛰어오르는 것은 불가능했을 것이다.

나는 세 게이트에서 모두 디멘션 하트를 파괴해서 그 입구를 영원히 닫아 버렸다.

하지만 정릉동 게이트와는 달리 후폭풍은 없었다.

그 세 게이트는 차원통제청이 폐쇄하기로 결정한 게이트들이었으니까.

다시 말해 마력석을 채굴하지 않기로 합의된 게이트들이었다.

이유는 간단했다.

'채산성이 떨어지니까.'

스캐빈저 클랜들이 포진하고 있는 수도권이나 대도시권을 벗어나면 마력석을 운반해서 와야 하는 번거로움이 생기는데.

그렇잖아도 게이트가 넘쳐 나는 판국에 굳이 그런 비용을 감당할 필요가 없다는 것이 거대 클랜들과 차원통제청의 판단이었다.

그래서 나는 속으로 생각했다.

'정말 미친놈들이구나.'

게이트의 폭발과 역류는 나에게 상상하기조차 싫은 재앙이었다.

등급이나 특성에 따라서 차이가 있지만, 일단 게이트가 폭발하면 어지간한 산 하나쯤은 어렵잖게 지워 버릴 수 있었다.

'그 뒤를 잇는 것이 바로…….'

차원 역류.

멀쩡한 인간 문명의 한복판을 도려내서 어딘가로 날려 버리고, 그 자리에 게이트 안에 있던 것들을 와르르 쏟아 내는 대재앙이었다.

지금껏 게이트 안에만 갇혀 있던 몬스터들이 바깥으로 다 튀어나온다는 말이다.

우리에 갇혀 있던 맹수들이 동물원 한복판에 풀어놓은 것과 마찬가지였다.

몬스터들은 당연히 헌터와 일반인을 가리지 않고 무자비하게 도륙했다.

그러니 게이트를 방치하는 것은 전쟁을 벌이지 않고도 도시를 잿더미로 만들 수 있는 가장 빠른 방법이었다.

'차원통제청에서는 공략된 게이트는 100% 안전하다고 떠들어 대지만…….'

아니, 절대 그렇지 않다.

겉보기에는 이상이 없는 것처럼 보이더라도, 어느 날 갑자기 이상 변화를 일으킬 수 있는 것이 게이트라는 현상이었다.

창덕궁의 좀비 게이트가 그랬듯이 말이다.

하지만 그런 사실은 거의 드러나지 않는다.

레이드 클랜들의 손을 놓을 수 없는 정부, 그들의 차폐 금고에 빨대를 꽂고 있는 언론이 교묘하게 감추어 주는 것이다.

E등급 게이트를 관광 명소로 꾸미는 것도 그런 공작의 일부였다.

그들도 게이트에 이상 현상이 일어나면 재앙이 된다는 것은 분명히 알고 있다.

'그런데 고작 마력석을 캐기 편하다는 이유로 게이트를 대도시 근처에다 그대로 열어 두겠다니.'

일반 대중에게 잘 알려지지 않은 사실이지만, 사실 헌터들이 게이트 공략에 실패하면 거꾸로 보스가 레벨 업을 한다.

헌터들이 몬스터를 경험치로 삼는 것처럼, 몬스터도 헌터를 경험치로 삼는다는 이야기다.

하지만 게이트 등급은 올라가지 않는다.

여기서 문제가 시작된다.

'만약 두세 차례 이상 공략에 실패한 게이트가 생겨난다면?'

그 게이트의 보스들은 최소 한 단계는 레벨 업이 된 상태로 다음 헌터들을 기다리고 있게 된다.

C등급 이상의 게이트에서는 미니 보스가 두 마리 이상 배치되어 있는 경우도 흔했다.

공략 가능성을 예측하기 어려울 정도로 뛰어오르는 셈이

다.

최악의 경우, 이전 공략대가 몰살당하면 다음 공략대는 아무런 정보도 없이 투입된다.

'그러면 연달아 몰살당하기 일쑤지.'

사상자가 많아지면 클랜들이 슬슬 꼬리를 빼면서 서로 떠넘기기 시작하고.

지자체에서 공략 사례금이라도 올리지 않으면 게이트에 들어가려는 클랜 자체가 없어지게 된다.

그러다가 터지는 거다.

'차원 역류가…… 쾅!'

이런 사실은 게이트에 대한 극단적인 온도 차이를 야기하는 것이었고.

　　[헌터님! 서산시청 이동현입니다! 저희 게이트 신속하게 폐쇄해 주셔서 군민들에게 큰 도움이……]

　　[말로,, 다 할 수 없을 만큼,, 감사합니다.,, 또 인연이,, 되기를,, 희망하겠습니다.,, 장수읍장……]

　　[유지선에요! 잘 돌아가셨죠 헌터님^^~ 양양 오시면 저 꼭 찾아주세요♥ 감사의 뜻으로 숨겨진 맛집……]

게이트를 혼자 다 해 먹고도 공무원들에게 열화와 같은 감사 메시지를 받고 있었다.

마지막으로 메시지를 보낸 양양군청의 유지선이라는 여자
는 조금 다른 의미로 뜨겁게 느껴졌지만 말이다.

'아무튼 뭐, 뿌듯하네.'

세상에서 게이트라는 위험을 없애 버리고 감사의 인사를
받는 것.

사실 이거야말로 제대로 된 게이트 공략의 마무리였다.

그리고 이 문자 메시지가 화룡점정이었다.

[Web발신][차원통제청]

귀 클랜이 참가한 게이트 공략의 사업 완료 대금이 다음과 같이
정산되었습니다.

−입금 예정 금액 : 109,152,080원(4건)

※자세한 내역은 차원통제청 홈페이지를 통해 확인할 수 있습
니다.

※문의 사항이 있는 경우 사업관리과(046−230−4540)로 연락 주
시기 바랍니다.

바로 게이트를 처리한 것에 대한 정산 내역이었다.

정릉동의 선녀 게이트를 포함하여, 일주일 동안 총 네 군
데의 게이트를 공략하고 폐쇄한 결과.

'1억하고도 9백만 원.'

나는 제법 큰돈을 확보할 수 있었다.

이코 녀석에게 매일같이 소고기를 먹일 수도 있을 거다.

더구나 게이트 등급이 오르면 보상 대금은 더욱 가파르게 올라가니…….

우리 클랜 하우스를 여의도나 청담동으로 옮기는 것도 오래 걸리지 않을 일이었다.

하지만 나는 아직 웃을 수가 없었다.

가장 중요한 메시지가 오지 않았으니까.

[오빠ㅠㅜ]

신우가 마법을 되찾고, 녀석의 '심층 기억 제어' 스킬을 통해 사물의 기억을 읽어 낼 수 있게 되었지만…….

[오늘도 아무것도 없었어..]
[정말 싹다 털어봤는데 아무것도 안나온다고ㅠ]
[고팀장 신인류랑 관련없는것 아닐까???]

나는 고미정과 신인류 사이의 관계에 대해 어떠한 증거도 찾아내지 못했다.

일주일이라는 시간이 다 흐르고, 두 진영의 경쟁 대결이 코앞으로 다가왔음에도 말이다.

'내 예상이 틀린 걸까?'

그럴 수도 있겠지. 나도 신은 아니니까 말이다.

하지만 나는 강렬한 직감을 느끼고 있었다.

[알림 : 특성 '야성'이 직관을 발휘하고 있습니다. '알 수 없는 위험'에 주의하십시오.]

대결의 시간이 다가올수록, 본능적인 위험 감지 능력이 경광등이 된 것처럼 반짝거리고 있었다.

분명 뭔가 있긴 있다는 뜻이다.

'직접 움직여야겠다.'

지방의 게이트들을 공략하고 막 서울로 돌아온 참이었지만 필요하다면 그래야 했다.

나는 결정을 내리고 신우에게 메시지를 보냈다.

[고미정 주소 알지? 알려 줘.]

그리고 꽤나 흥미로운 사실을 확인할 수 있었다.

내가 클랜 하우스로 돌아온 이른 새벽.

전투 장비를 챙긴 신우는 잔뜩 긴장한 표정을 짓고 있었다.

"당장 가자, 용인으로."

아침 9시.

경기도 용인의 모처.

C등급 게이트 '유혹하는 라미아의 안개 호수'.

생성된 지 약 3년여가 된 이 게이트는 이제 슬슬 마력석이 고갈되어 가는 것으로 판단되고 있었다.

그 때문에 용인시청과 차원통제청은 조만간 게이트를 폐쇄시키자는 쪽으로 의견을 모으는 중이었다.

게이트의 폐쇄 보상을 어느 클랜에게 밀어줄 것인지를 두고 설왕설래하는 과정이었다.

그런데 난데없이 블랙핑거 클랜에서 게이트 진입 신청을 낸 것이었다.

블랙핑거 클랜은 채굴 전문 클랜으로 입지가 튼튼한 편에 속했고.

달리 특별한 이유가 없다면 차원통제청은 무조건 진입을 허가했다.

그리고 대한민국에서 헌터가 게이트에 들어가기 위해서는 게이트 통제관의 인솔을 받아 게이트 바리케이드를 해제해야만 한다.

그런 탓에 용인으로 출장을 나온 게이트 통제관들은 한숨을 푹푹 내쉬며 투덜거리고 있었다.

"귀찮아 죽겠네. 블랙핑거라면 얼마 전에 마스터가 갑자기 사망해서 난리 났던 거기 아냐?"

"맞습니다. 은퇴한 심혁필 헌터가 운영하던 클랜입니다."

"이미 마력석도 다 고갈된 게이트에 뭐 주워 먹을 게 있다고 덤비는 거야?"

"글쎄요. 잘은 모르겠습니다만 얼핏 들으니 마스터 권한 때문에 분쟁이 일어난 것 같던데요?"

"분쟁? 십중팔구 쌈박질을 하려고 들어오는 것이겠구먼. 하여간 청소부 놈들 탐욕은…… 쯧!"

통제관들은 블랙핑거 클랜의 게이트 진입에 불순한 목적이 있다고 생각하고 있었다.

법망을 피해서 실력대결을 벌일 만만한 게이트 하나를 찍었다는 판단이었다.

사실 자주 있는 일이었다.

"인원 관리 보고서 양식이나 좀 받아 놔."

"예, 알겠습니다."

몇몇 실력 있는 클랜의 경우에는 모든 자원과 보상이 다 고갈되었다고 판단된 게이트에서 새로운 무언가를 찾아내는 경우도 있긴 했다.

하지만 그건 대단히 예외적인 경우에 속했고…….

블랙핑거와 같은 스캐빈저 클랜이 구태여 이런 게이트를 찾는 것은, 법의 울타리 안에서 벌일 수 없는 '어떤 사건'을

행하기 위해서라고 보는 게 옳았다.

　이렇게 시작된 헌터들 간의 폭력은 종종 살인으로까지 번지기도 했다.

　그것도 꽤나 자주.

　"씨바, 그래도 시체는 안 나왔으면 좋겠는데 말이야."

　"그러게 말입니다."

　헌터들의 행동 패턴에 대해 잘 알고 있다고 자신하는 게이트 통제관들은 담배를 꼬나물며 혀를 찼다.

　하지만 두 사람은 몰랐다.

　자신들이 딱 절반 정도만의 진실을 파악했다는 것을.

　그리고 나머지의 절반의 진실을 알고 있는 이들이 이미 게이트 안에 들어가 있다는 것을……

　그들은 도저히 알 도리가 없었다.

⌣

　[알림 : C등급 게이트 '유혹하는 라미아의 안개 호수'에 입장했습니다.]

　"흐허어…… 망할 바리케이드. 마력 다 썼어. 진짜 빡세네. 속도 울렁거리고……. 으윅."

　"그래그래. 고생했어. 끝나고 맛있는 거 사 줄 테니까 좀 조용히 해.”

"정말? 뭘로?”

"흠, 킹 크랩?”

"약속했어?”

"오냐.”

"좋았어!”

내가 먹고 싶어서 던진 메뉴였지만 여동생은 환호를 올리며 막춤을 춰댔다.

머리가 아프다면서도 기분이 좋아 보이는 것은 아마 킹 크랩 때문만이 아닐 것이다.

'오랜만에 마법을 제대로 써서 좋은 거겠지.’

나와 신우는 이 게이트에 차원통제청의 공무원들이 배치되기 전에 이미 들어와 있는 상태였다.

입구를 막고 있는 바리케이드를 원거리에서 마법으로 해킹하여 잠시 무력화시킨 뒤, 은폐 마법을 걸고 조용히 들어온 것이다.

바리케이드를 둘러싸고 3대의 CCTV가 가동되고 있었으나 모두 마력 추적 장치가 달린 모델은 아니었기에 우리의 움직임을 잡아내기는 무리였다.

라이선스는 R3급이지만 사실상 R2급이라고 할 수 있는 여동생의 마법 실력 덕분이었다.

'레벨 41이라고 했지? 마도 특성은 5레벨을 찍었고.’

꽤 오랫동안 마법이 봉인되어 있었던 헌터답지 않게 능숙한 마법이었다.

말로는 불치병이라고 하면서도 실은 심상 훈련을 게을리하지 않았던 모양이다.

'덕분에 앞으로 C등급까지는 차원통제청 몰래 들어올 수 있겠어. B등급부터는 게이트 감시 장비가 훨씬 엄격해서 어렵겠지만.'

게이트 바리케이드를 프리 패스 할 수 있다는 것은 아무도 모르게 게이트 안에 들어올 수 있다는 뜻이다.

그건 내가 게이트 폐쇄 보상을 마음껏 먹어치울 수 있다는 뜻과도 같았다.

무단으로 게이트를 드나들다가 적발되면 즉시 라이선스가 취소되고 클랜 공동 규칙에 의해 블랙리스트까지 오르게 되지만…….

'상관없지.'

안 들키면 되니까.

난 당장 이 게이트부터 폐쇄 보상을 독식할 생각이었다.

C등급 게이트의 폐쇄 보상은 내가 레벨 30을 달성할 발판으로 충분했다.

'그리고 고미정을 이용해서 신인류의 꼬리를 잡아내는 것까지.'

신인류와 레벨 30.

나는 이번 게이트에서 차질 없이 목표를 이뤄 낼 준비가
되어 있었다.

이번에도 게이트는 빈틈없이 공략되어 있는 상태였다.

〈유혹하는 라미아의 안개 호수〉

[게이트] 호수의 지배자 라미아는 간절한 마음으로 당신을 기다
리고 있습니다. 그러나 현혹되지 마십시오. 그녀는 당신을 위해 죽
음을 준비했으니까요.

등급 : C등급

미션 :

1. 특별한 아티팩트 '빛나는 얼음 상자'를 회수하십시오.(완료됨)

2. 미니 보스 '눈먼 나가 괴물'을 제거하십시오.(완료됨)

3. 게이트 보스 '은백색 라미아 여왕'을 제거하십시오.(완료됨)

현재 상태 : 공략이 완료되었습니다. 입장 인원에 제한이 없습
니다.

지형은 단순했다.

일단 바다로 둘러싸인 거대한 섬에 숲이 드문드문 펼쳐져
있고, 서너 군데에 호수들이 자리를 잡고 있었다.

여길 수색하며 돌아다니는 것이 이 게이트에 들어온 헌터들의 주요한 업무라고 할 수 있었다.

완만한 평지뿐이라서 복잡하진 않았다.

"······단지 면적 자체가 어마어마하게 넓다는 것이 문제일 뿐이지."

게이트에 대해 브리핑을 마친 신우가 의미심장한 눈빛으로 나를 돌아보았다.

"오빠."

"왜?"

"이 게이트 말이야."

"어."

"최초 공략 클랜이 이스케이프 클랜인 것 알아? 엡실론 팀이었대."

그건 몰랐다.

"······선배들이 고생깨나 했겠네."

무진 그룹이 여섯 개의 팀으로 3군까지 이루어져 있듯.

내가 몸담았던 이스케이프 클랜 또한 알파부터 제타까지 여섯 개의 팀으로 나누어져 있었다.

당연한 말이지만 나는 가장 막내 급인 제타 팀이었다.

그리고 엡실론 팀은 바로 위 등급인 5순위 팀.

"그때 '춘향'이라는 언니가 오빠를 좋아하지 않았나? 맞지? 그 언니가 오빠한테 집에 라면 먹으러 오라고······."

"너 자꾸 옛날 얘기 꺼낼래?"

"우후후후후, 부끄러워하기는…….."

"시끄러워. 현재에 집중해, 혼나기 싫으면."

"넵."

난 옛 이야기를 꺼내고 싶지 않다.

잠시 떠올리는 것으로 그치면 좋겠지만, 십중팔구는 그렇게 되지 않았으니까.

금세 친구들의 얼굴이 생각나고 영하 누나의 목소리가 떠오른다.

그러다가 자책하게 되는 것이다.

그날 누나를 잡았어야 했는데, 내가 그 게이트에 들어가는 게 아니었는데, 하면서 말이다.

그리고 부모님은…….

'아냐. 관두자.'

감상에 빠지면 안 된다.

최소한 여기서만큼은 그러지 말자.

게이트 안에 들어온 이상, 감상적이 되는 것은 위험을 자초하는 짓이다.

지금 이 게이트에서는 더더욱 그랬다.

'신인류.'

뉴타입이라는 낯선 특성을 이용하여 헌터들을 구속시키는 능력을 갖춘 괴집단.

'분명 놈들과 부딪치게 될 거야.'

오늘 이곳에서 놈들을 상대하게 될 확률이 높았으니까.

그 사실을 증명하듯 시스템 메시지가 눈앞에서 깜빡거리고 있었다.

[알림 : 특성 '야성'이 직관을 발휘하고 있습니다. '알 수 없는 위험'에 주의하십시오.]

야성이 반응하는 것은 물론이고, 미묘한 불쾌함까지 감각을 툭툭 건드리고 있었으니.

100% 확률로 큰 사건이 예정되어 있다고 봐도 무방했다.

'절대 평화로운 분위기는 아니겠지.'

나는 신우와 함께 섬의 안쪽으로 걸음을 옮기기 시작했다.

다른 무엇보다도, 내가 신인류에 대한 확신을 가지고 먼저 움직일 수 있었던 것은 지난 새벽에 고미정의 집을 확인한 덕분이었다.

나는 그 집에서 충격적인 것을 보고 돌아왔다.

새벽 3시.

내가 영등포에 있는 고미정의 집을 찾았을 때, 집안의 불은 모두 꺼져 있었다.

다들 잠에 들었나 싶었지만 조용해도 너무 조용했다.

'기척 자체가 없다? 이상하군. 일반인인 남편과 아들이 있다고 들었는데?'

3층짜리 고급 빌라는 아무도 살지 않는 것처럼 잠잠했다.

추적자 들개의 집념을 발동시켜서 모든 청각 정보를 시각 정보로 바꾸어 보았으나 아무것도 발견되지 않았던 것이다.

집안에서 소리를 내고 있는 것은 냉장고와 김치 냉장고뿐.

'뭐야, 정말 아무도 없어?'

빌라의 옥상에서 상황 체크를 마친 나는 곧바로 새로운 권능을 전개했다.

이것은 은밀한 침투를 위한 권능이었다.

[권능 : '귀신 악어의 잠영술'.]

[안내 : 현재 경지가 부족하여 권능을 온전히 사용할 수 없습니다.]

〈귀신 악어의 잠영술〉

[권능] 마나 또는 퓨리 에너지를 헌터의 은신에 사용한다. 모든 종류의 감각으로부터 모습과 기척을 감출 수 있다.

레벨 25를 넘으면서 일부 사용할 수 있게 된 '귀신 악어의 잠영술'.

시스템이 설명한 것처럼 이 권능은 완벽한 은신술이었다.

권능이 제대로 유지되고 상대에게 다른 특별한 감지 기술이 없는 상황이라면 코앞에서 엉덩이춤을 추더라도 내 존재를 알아차릴 수 없는 강력한 은신술이었다.

하지만 안타깝게도 풀 컨디션은 아니었다.

[알림 : 사용되는 에너지의 밀도가 부족하여 권능에 결함이 발생했습니다.]
[알림 : 권능을 사용하는 동안 공격력이 현저하게 저하됩니다.]
[알림 : 권능을 사용할 수 있는 최대 시간이 5분으로 제한됩니다. 30분 뒤에 재사용이 가능합니다.]

공격력 너프에 제한 시간까지 걸렸다.

'원래는 전투 중에 블링크처럼 쓸 수도 있는 권능인데.'

아쉽지만 어쩔 수 없었다.

사실 이 귀신 악어의 권능은 레벨 60은 되어야 완벽하게 다룰 수 있는 힘이다.

그러니까 지금 시점에서는 사용이 가능하다는 것 자체를 감사하게 생각하는 편이 옳았다.

스윽.

귀신 악어의 잠영술을 발동하여 밤공기 사이로 모습을 감춘 나는 미리 봐 두었던 지점에 발을 걸쳤다.

그리고 난간을 손끝으로 짚으며 허공을 향해 그대로 몸을 던졌다.

몸은 포물선을 그리며 건물 안으로 빨려 들어갔다.

무더운 여름 때문인지 3층의 창문 하나가 살짝 열려 있었는데, 그 틈을 이용해서 집안으로 들어온 것이다.

척.

소모치를 아끼기 위해서 잠영술은 잠시 꺼 두고…….

'보자, 이쪽이 서재인가?'

나는 침묵과 어둠 속에 잠긴 집을 돌아다니며 단서를 찾기 시작했다.

그리고 점점 더 큰 이상함을 느꼈다.

'침실과 화장실이 너무 깨끗한데? 누가 이 집에서 살기는 하는 거야?'

정말 괴상한 집이었다.

난 의심의 끈을 더욱 팽팽하게 당기며 집을 살펴보았다.

그럴수록 분명 뭔가 있다는 예감이 강렬하게 일어나고 있었다.

일단 고미정이 경쟁 대결을 하자면서 일주일이라는 여유 시간을 제시한 것부터 그랬고.

　－심층 기억 제어에 이상할 정도로 아무것도 안 걸려. 직

장에서는 스마트폰을 끼고 사는 여자가 퇴근한 뒤로는 아예 만지지도 않는다는 게 말이 돼?

여자의 소지품에 깃든 기억을 체크했던 신우의 이야기도 몹시 이상하게 들렸다.

마지막으로 이 수상한 집까지.

'분명히 뭔가 있는데…….'

저벅저벅.

하지만 3층과 2층에서는 이 집이 지나치게 깨끗하다는 사실 외에는 딱히 발견한 것이 없었다.

나는 계단을 통해 1층으로 내려왔다.

그리고 침실과 옷 방을 차례로 수색한 뒤, 모퉁이를 돈 다음 순간.

"……!"

나는 고미정과 눈이 마주쳤다.

어떻게 피할 수도 없이 정면으로!

어둠 속에 잠긴 현관에 우두커니 서 있었던 여자와 정확하게 맞닥뜨리고 만 것이었다.

놀라서 기절할 뻔하기도 했지만, 머릿속으론 이해가 가지 않았다.

'어떻게 된 거지? 아무런 소리도 안 들렸는데?'

나는 내내 현관문을 여는 소리에 집중하고 있었다.

언제라도 집안으로 누군가 들어오면 귀신 악어의 잠영술을 다시 펼칠 수 있도록 신경을 기울이고 있던 중이었다.

그런데 이렇게 되다니.

'어쩔 수 없다.'

당황은 잠시에 불과했고 나는 곧바로 전투에 들어가기 위해서 해청의 손잡이를 움켜잡았다.

이 오밤중에 집에 침입한 것을 봤으니, 아무리 나에게 흑심을 품은 고미정이라도 가만히 있을 리가 없다고 생각했다.

하지만…….

"……."

"……?"

어쩐 일인지 내가 예상했던 전투는 벌어지지 않았다.

현관문 앞을 지키듯이 선 고미정은 꼼짝도 하지 않고 이쪽을 바라보기만 하고 있었다.

그제야 그 눈동자에 빛이 없다는 사실을 깨달았다.

여자는 마치 박제된 것처럼 그저 서 있을 뿐이었다.

처음부터 여기에 있었다는 듯이 미동도 하지 않고 있었다.

"……."

그 모습에서 나는 뭔가를 깨달았다.

그건 사람의 형태일 뿐, 인형에 가까운 무언가라는 것을 말이다.

'설마.'

나는 눈살을 찌푸리며 몇 가지를 체크한 뒤 확신을 얻을 수 있었다.

고미정은 신인류에 포섭된 인물이 아니었다.

오히려 그 반대라고 할 수 있었다.

이 여자는 특수팀의 헌터들보다도 지독한 방식으로 신인류에게 이용당하고 있는 중이었던 것이다.

이를테면 '강시'라는 것이다.

중국 영화에 나오는, 부적을 붙여서 움직이는 시체.

고미정은 이미 죽은 거나 다름없는데 어떤 힘에 의해서 강제로 움직이고 있는 상태였다.

나는 즉시 클랜 하우스로 돌아와서 신우와 이코에 이 사실을 전달했다.

그러자 동생은 입을 쩍 벌리며 경악했다.

―뭐? 말도 안 돼! 오빠가 그걸 어떻게 확인했다는 거야?

―피의 지배와 비슷한 형태의 마력 흐름이 이마에 새겨져 있다는 걸 확인했어. 훨씬 더 정교하고 교묘한 형태로. 정확히 일주일 정도 된 것 같아.

―그, 그럼 정말 일주일 동안 내가 시체랑 같은 사무실을

썼다는 거야? 바, 바, 밥도 잘 먹던데?

　─죽은 거랑 다름없다고 했지. 죽었다고는 하지 않았어.

　─그게 무슨 차이인데?

　─살아 있는 로봇이라고 해 두자. 원격으로 조종할 수도 있는.

　─로봇? 그럼 그래서 심층 기억 제어가 소용이 없었던 건 가? 와, 소름 돋아…….

그렇다면 고미정이 제시했던 '일주일'이라는 시간은 무엇 이었을까?

이코의 추측은 이러했다.

　─신인류 측에서 직접 뭔가를 준비할 시간이 필요했던 것 같은데? 고미정과 같은 '무기'를 더 만들어 뒀을지도 모르 지. 무진 그룹이 뒤를 쫓고 있는 게 사실이라면, 그쪽에서 도 당연히 대비를 하고 있을 테니까.

일리가 있는 말이었다.

신인류에게 고미정은 하수인도 아닌 인형에 불과했다.

그 뒤에 도사리고 있는 것이 진짜였다.

'고미정을 앞세우고 뭔가가 오긴 할 텐데, 그게 무엇인지 는 예측하기 어렵다는 말이지.'

알 수 없는 위험을 목전에 둔 상황.

그래서 우린 한 발 먼저 움직여 선수를 치기로 결정했다.

나와 신우가 곧바로 용인으로 달려와서 이 게이트의 바리케이드를 무력화하고 몰래 들어온 것은, 바로 그런 이유에서였다.

이코가 고미정이 제대로 작동하지 않을 때 그녀를 파괴하는 것은 어떠냐고 제안하기도 했다.

하지만 나는 고개를 저었다.

지금은 신인류라는 괴집단의 몸통을 잡아 내는 것이 중요했다.

그러기 위해서는 고미정이라는 사냥개가 달려 나왔다가 어디로 돌아가는지 파악하는 것이 가장 빠른 길이었다.

그러니까 지금 인내심을 가지고 지켜볼 생각이었다.

'하지만 마냥 기다리려고 온 것도 아니지.'

위급 상황에 대비해서 게이트 안에 적당한 함정을 만들어 두는 것.

그게 나와 신우의 1차적인 임무였다.

"너도 알겠지만 라미아 몬스터들이 주를 이루는 게이트에서는 정신 마법이 효율이 좋아. 호수에서 피어오르는 연무 덕분이지. 환각, 공포, 위압, 교란. 잘 섞어서 설치해."

"알았어. 하, 이건 세현이 전공인데…… 세현이가 있었으면 딱이었을 거야? 그치, 오빠?"

"이 짜식이 진짜……!"

길목에다 마법진을 감추는 작업을 하던 나는 이맛살을 찡그릴 수밖에 없었다.

"너, 왜 아까 전부터 자꾸 옛날이야기냐? 하지 말라니까?"

"아, 미안. 내가 마법을 되찾으니까 왠지 좀 그렇게 되나 봐. 이제 진짜 안 할게."

신우는 입을 꾹 다물더니 마법 설치에 집중했다.

그러다가 갑자기…….

"으악!"

숲 어디선가 비명이 들려왔다.

"하, 또 그러네."

나는 한숨을 푹 내쉬며 몸을 일으켰다.

"야, 이 시키야, 내가 장난치지 말라고 했지?"

그러자 신우가 고개를 빼꼼 내밀더니 커다란 눈을 깜빡거리는 것이었다.

"오빠가 장난친 거 아니었어? 나도 아닌데? 뭐지?"

"네가 아니라고?"

분명 사람 목소리였다.

하지만 아직 예정된 게이트 진입 시간이 아니었다.

약 한 시간 정도는 여유가 있는 타이밍.

그럼 다른 누가 게이트에 들어왔다는 건가?

'설마 신인류가 벌써?'

나는 서둘러 움직였다.

"넌 여기 있어. 기척 숨기고."

귀신 악어의 잠영술을 전개한 나는 숲을 빠르게 되짚어 가기 시작했고.

오래 지나지 않아 내가 설치한 함정 하나가 발동되었다는 것을 발견했다.

이어진 핏자국을 조용히 따라가니 누군가의 뒷모습이 황급히 숲속으로 사라지고 있었다.

'놓칠 수 없지.'

나는 해청의 칼자루를 붙잡으며 그 뒤를 뒤쫓기 시작했다.

다음 권으로 이어집니다

만렙닥터

13월생 현대 판타지 장편소설

리턴즈

인생 2회 차 경력직 신입
칼솜씨도, 인성도 '만렙'인 의사가 돌아왔다!

만성 인력난에 시달리는 흉부외과에 들어온 인턴
메스도 잡아 본 적 없는 주제에
죽을 생명을 여럿 살려 내기 시작한다?

"이 새끼, 꼴통 맞네."
"죄송합니다."
"잘했어!"
"네?"

출세만을 좇으며 살았던 전생
이렇게 된 이상 인생도 재수술 한번 가자!

무데뽀(?) 정신으로 무장한 회귀 의사
이제부터 모든 상황은 내가 집도한다!

꿈의 도약, 로크에서 하십시오
(주)로크미디어에서 신인 작가를 모십니다

즐거운 세상, 로크미디어는 꿈을 사랑하고 도전을 두려워하지 않는 작가 분들의 참신한 작품을 기다리고 있습니다. 21세기 장르 문학계를 이끌어 갈 차세대 선두 주자 (주)로크미디어에서 여러분의 나래를 활짝 펴 보시길 바랍니다.

모집 분야 판타지와 무협을 포함한 장르 문학
모집 대상 아마추어 작가, 인터넷 작가
모집 기한 수시 모집

    작품 접수 시 유의 사항

      1. 파일명은 작가명_작품명.hwp형식을 갖춰 주십시오.
      1. 파일에 들어갈 내용은 다음과 같습니다.
        — 성명(필명인 경우 실명을 밝혀 주세요), 연락처, 이메일 주소
        — 제목, 기획 의도
        — A4용지 1장 분량의 등장인물 소개
        — A4용지 2장 분량의 전체 줄거리
        — 본문
      1. 작품이 인터넷에 연재되고 있다면, 게시판명과 사이트의 구체적이고 정확한 주소를 기재해 주십시오.

선택된 작품은 정식 계약 후 출판물로 간행되어 전국 서점에 유통됩니다.
작가 분은 (주)로크미디어의 전폭적인 지원하에 전속 작가로 활동하시게 됩니다.
※ 자세한 내용은 로크미디어 홈페이지(rokmedia.com)를 참조하세요.

(03920)서울시 마포구 성암로 330 DMC첨단산업센터 3층 318호
(주)로크미디어 편집부 신간 기획 담당자 앞
전화 : 02) 3273-5135
www.rokmedia.com   이메일 : rokmedia@empas.com

The Final
더 파이널

유성 퓨전 판타지 장편소설

「아크」「로열 페이트」「아크 더 레전드」
작가 유성의 새로운 도전!

회귀의 굴레에 갇혀 이계로의 전이와 죽음을 반복하는 태영
계속되는 죽음에도 삶에 대한 의지를 불태우던 어느 날

갑자기 시작된 침식으로 이계와 현대가 합쳐진다!

두 세계가 합쳐진 순간,
저주 같던 회귀는 미래의 지식이 되고
쌓인 경험은 태영의 힘이 되는데……

이계의 기연을 모조리 흡수해
누구도 넘볼 수 없는 전사로 우뚝 서다!

변호사 윤진한

이해날 현대 판타지 장편소설

『어게인 마이 라이프』의 작가 이해날,
당신의 즐거움을 보장할
초특급 신작으로 돌아왔다!

아버지의 복수를 위해
악랄한 변호사가 되었으나 대기업에 처리당한 윤진한
로펌 입사 전으로 회귀하다!

죽음 끝에서 천재적인 두뇌를 얻은 그는
대기업의 후계자 경쟁을 이용해
원수들의 흔적마저 지우기로 결심하는데……

악마 같은 변호사가 그려 내는
두 번의 인생에 걸친 원수 파멸극!